KB116425

사람 사는 이야기

사람 사는 이야기

초판 1쇄   2023년 5월 22일
지은이   용혜원
펴낸이   김영재
펴낸곳   책만드는집

—

주소   서울 마포구 양화로3길99, 4층 (04022)
전화   3142 - 1585 · 6
팩스   336 - 8908
전자우편   chaekjip@naver.com
출판등록   1994년 1월 13일 제10 - 927호
ⓒ 용혜원, 2023

—

ISBN   978 - 89 - 7944 - 836 - 8 (03810)

제96시집

사람 사는 이야기

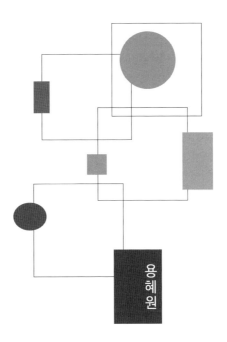

용혜원

책만드는집

사람이 살아가는 삶이란
시간 속으로 떠나는 시간 여행이다.
사람에게는 누구나 세상 살아가는 이야기가 있다.
사람들은 각자 그들만의 이야기를 만들고
사는 동안 이런저런 일로 삶이 항상 엎치락뒤치락한다.
세월이 흘러가고 삶의 연륜이 쌓이듯
사람들의 살아온 이야기가 쌓인다.
우주는 영원한데 사람 사는 세상에 사람만 바뀐다.
사람들은 두 사람만 모이면
남을 비난하는 이야기를 많이 한다.
남을 행복하게 만드는 이야기가 많아야 좋은 세상이다.
시인의 손끝에서 시인이 살면서 느낀
사람 사는 이야기, 삶의 이야기가 시로 써졌다.

용혜원

| 차례 |

2부

4부

1부

사람

하늘과 하늘이 끝없이 펼쳐진
우주 속의 작은 별 지구,
지구에는 사람이 살고 있다

세상에 태어나 죽는 날까지
생각하고 고민하면서 사랑하고 일하며
끊임없는 싸움 다툼 속에서 살아간다

사람은 몸과 마음과 영혼을 갖고
생각하고 말하고 행동하며 살아간다

꿈과 희망을 이루어가는 삶을 살고 싶어 하고
사랑과 낭만이 있는 멋진 삶을
추구하며 날마다 살아간다

일생이란 긴 시간을 여행하며
자유롭게 감정 표현을 하고
끼와 힘과 능력을 발휘하고
온갖 감정의 색깔로

마음을 표현하며 살아간다

때로는 혼자 있고 싶어 하고
때로는 같이 있고 싶어 하면서
가정을 이루기 위하여 결혼을 한다

우주 속에서 인간만이 갖가지 예술을 만들고
문화를 창조하고 새로운 것을 개발하며
새로운 변화를 이루며 살아가고 있다

사람의 마음

사람의 마음은
다양한 모양과 모습으로 변한다

극악하게 짐승처럼 악해지기도 하고
천사 같은 선함 속에 착해지기도 한다

마음의 창을 열고 오갈 수도 있고
마음의 창을 닫고 외롭고 쓸쓸한
고독에 갇히기도 한다

마음의 온도가 사랑으로
뜨겁게 불타오를 수도 있고
쌀쌀하고 차갑고 냉정하게 식을 수도 있다

마음의 색이 우중충한 검은색일 수도 있고
맑고 깨끗한 푸른색일 수도 있다

사람의 마음은
넓고 넓은 들판일 수도 있고

좁디좁은 골목일 수도 있다

화를 낼 수도 있고 웃을 수도 있고
가시투성이일 수도 있고
포근하고 따뜻한 사랑의 방일 수도 있다

사람의 마음 집에 무엇이
들어오느냐에 따라
마음이 달라진다

사람에게 죽음이 있기에

사람의 죽음은 역사 속에서 수많은 무덤을 만들어놓아
이 세상 어디든지 무덤이 있고
사람은 수많은 병을 치료하기 위하여
약과 치료 방법과 수술을 개발했지만
죽음의 문제를 해결하지 못했다

죽었던 사람들이 살아서 돌아오는 것을 본 적이 없기에
죽음 후의 세계를 잘 알 수 없다는
끝없는 안타까움과 아쉬움이 있다

사람들은 늘 가까이 있는 죽음을
아주 멀리 있는 듯 생각하며 살지만
사람은 누구나 죽음의 시간을 피할 수 없고
그 시간은 일정하지 않고 사람마다 다르게 찾아오기에
때로는 불안하고 긴장할 수밖에 없다

어떤 사람은 태어나자마자 죽고 병들어 죽고
전쟁에서 죽고 각종 사고로 죽고 자살하여 죽는다
평생 만수를 누리다가 죽는 사람은 적다

사람이 죽음 없이 영원히 산다면
도리어 엄청난 불행인지도 모른다

사람에게 죽음이 있기에 이별의 안타까움도 있고
다시는 볼 수 없는 그리움도 있다
사람에게 죽음이 있기에 단 한 번 왔다 가는 삶에
애착과 소중함을 느끼는 것이다

사람의 얼굴

사람의 얼굴 모습은 아주 다양하고
백인, 흑인, 황인으로 피부색과 생김새가
나라와 민족, 지역마다 다르다

사람의 얼굴은 남녀가 다르고
성격에 따라 음식 문화와 환경에 따라
얼굴 모습이 달라진다

악행을 일삼으면 악인의 얼굴로
심술을 일삼으면 심술쟁이로
분노를 일삼으면 고약한 얼굴로
선행을 일삼으면 선한 얼굴로 바뀐다

사람들은 성형수술로 얼굴을 고쳐서
자신의 처음 순수한 자연미를 버리고
새로운 얼굴이 예쁘다며 자랑하고 산다

내 본연의 얼굴이 아니라 남의 얼굴로
사는 것이 나의 삶인지 생각해 본다

이중인격자들은 얼굴에 가면을 쓰고 있고
착한 사람은 얼굴에 착함이 드러난다
사람의 얼굴에는 그 사람의 인생이 표현된다

사람의 성격

사람의 성격은 사람마다 각각 달라서
마음이 넓은 사람도 있고 좁은 사람도 있다
차갑고 거칠고 모질고 까칠한 사람도 있고
부드럽고 포근하고 따뜻한 사람도 있다

사람의 성격은 길과 같아
소인이라 골목길 같은 사람도 있고
대인이라 넓고 넓은 대로大路 같은 사람도 있다

사람의 성격은 얼굴과 삶의 모습을 만들어
고약하게 인상 팍 쓰며 딱딱하고 고집이 세고
아주 강한 사람도 있고
세상을 다 품은 듯 여유롭고 온순하고
넉넉하고 푸근한 사람도 있다

화를 잘 내고 깐죽대고 신경질적이며
짜증을 내고 빈정거리고 비웃는 사람도 있고
매사에 허허 웃으며 하찮은 것은 넘겨버리고
늘 함께하며 신경 써주는 사람도 있다

매사에 끊고 맺음이 분명하여 완벽한 사람도 있고
늘 멍청하게 죽 쑤듯이 사는 사람도 있다

남을 위하여 나눔과 베풂 속에 살아가며
성취욕이 강하여 일을 열심히 하면서도
매사에 감사하고 고마워하며 성실한 삶 속에서
자기만의 낭만을 즐기는 사람이 있다

관찰력이 뛰어나고 판단력이 강한 사람이 있고
화를 잘 내고 남을 헐뜯고 비난하고 의심하여
불안하게 만드는 성격을 가진 사람도 있다
모험심이 강하고 주장이 아주 강하여
때로는 부딪치는 사람도 있고
나도 잘되고 남도 잘되기를 바라는
평화로운 성격을 가진 사람도 있다

사람의 성격은 수많은 색깔처럼
아주 다양하여 제각각이다

사람의 손 1

사람의 손은 손가락 다섯 개를 쥐었다 놓았다 하면서
수많은 일을 한다

사람의 손은 권력을 쥘 수도 있고
빈손으로 남에게 끌려다니며 살 수도 있다

사람의 손은 만났을 때 정겹게 악수를 하고
떠날 때 손을 흔들며 이별을 하고
부드럽고 다정한 손이 될 수도 있고
차갑고 싸늘하고 거친 손이 될 수도 있고
찬성하는 손이 될 수도 있고
반대를 나타내는 손이 될 수도 있다

사람을 죽이는 손이 될 수도 있고
병든 사람을 수술하여 살려내는 손이 될 수도 있고
남의 것을 빼앗고 도둑질하는 손이 될 수 있고
남을 위하여 봉사하는 손이 될 수도 있다

사람은 손은 친절한 손이 될 수도 있고

악마의 손이 될 수도 있고
전쟁을 일으키는 무기를 들 수도 있고
평화롭게 밭을 가꾸는 연장을 들 수도 있다

사람의 손은 그림을 그리고 글씨를 쓰고 조각을 하고
소설과 시를 쓰고 음악을 만들고
악기를 연주하고 음식을 만든다

사람의 손은 사랑의 손이 될 수도 있고
저주의 손 절규의 손이 될 수도 있고
죽음의 피를 묻힐 수도 있고
죽어가는 생명을 살릴 수도 있다

사람의 손은 어떻게 쓰느냐에 따라 엄청나게 달라진다
사람의 손은 어서 오라고 환영해 주는 손이 될 수 있고
어서 빨리 가라고 손사래 치는 손이 될 수도 있다

사람의 손 2

사람의 손은 사람의 감정을 표현하고
손을 움직여서 여러 가지 일을 할 수 있다
손은 가까이 오라고 손짓할 수 있고
떠나라고 손짓을 할 수도 있다

사람의 손은 쓰임이 다양하기에 사람 스스로 손을
잘 쓰려고 노력해야 사람다운 삶을 살 수 있다

사람의 손은 밭을 가꾸고 씨를 뿌리고 열매를 거두기도 하
고
짐승을 기르고 보살피고 잡기도 한다
사람은 손은 어지럽히고 더럽히기도 하고
정리 정돈하고 깨끗하게 청소하기도 한다

사람의 손은 사람을 살릴 수도 있고
사람을 죽일 수도 있다

사람은 칼로 짐승을 잡거나 사람을 찌를 수도 있고
칼로 음식을 맛있게 요리할 수도 있다

사람의 손은 부드럽게 쓰다듬고 만질 수도 있고
거칠게 주먹을 쥐고 때릴 수도 있고
손바닥으로 후려칠 수도 있고 조이고 비틀 수도 있다

사람의 손은 조각할 수 있고 그림을 그릴 수 있고
악기를 연주할 수 있고
소설을 쓰고 수필을 쓰고 시를 쓸 수 있다

사람이 손을 어떻게 쓰느냐가
사람의 모습을 다르게 만든다

사람의 손은 아름답고 거룩한 손이 될 수 있고
악인의 손 죄의 손이 될 수도 있다

사람과 권력

사람들은 권력을 갖고 싶어
남이 앉은 자리를 탐내고
권력을 갖기 위하여 서로 투쟁하며 싸운다

권력은 힘이 뭉치면 뭉칠수록 거대한 힘을 발휘하기에
사람들은 자기 마음대로 움직이고 지배할 수 있는
권력을 갖기를 원한다

사람은 권력을 가지면 달라지기 시작하여
교만해지고 거만해지고 우쭐해지고
목이 뻣뻣해지기 시작한다
권력자가 폭군이 되어
막말을 하며 돈을 탐내고 욕망을 불사르면
권력이 부패하여 무너지기 시작한다

권력을 지나치게 좋아하여 전쟁을 일으키고
착취하고 반대자를 죽이고 감옥으로 보내며
마음대로 휘두르던 독재자들의 말로는 대부분 비참하다

독재 권력을 가진 자가 자리를 잃고 추락하면
범죄자가 되어 감옥에 갇히고 사람들에게 외면당한다
권력의 거미줄에 매달려 고통당하는 사람이 많다

이 지상에 영원한 권력은 없다
어떤 권력이든 끝나는 시간이 온다

권력을 잘 활용하여 나라와 국민을 사랑하고
발전시키는 권력이 진정한 살아 있는 권력이다

사람의 감정

사람의 감정은 먹구름 낀 날처럼 우울하기도 하고
태양이 빛나는 것처럼 밝고 화창하기도 하고
홀로 고독하기도 하고
함께 어울리며 즐겁고 기쁘기도 하다

사람의 감정이 길을 잃고 방황하다가
감정의 골이 깊어가면
홀로 된 감성이 질서를 파괴하기도 하고
고독 속에 쓸쓸하고 외로워지기도 한다

사람의 감정에 따라 수많은 감정의 꽃이
피다가 사라지기도 하고
사람의 감성이 감동할 말한 일을 만들기도 한다

증오와 편견, 무지가 싸워 걱정의 시름이 깊어져 가는
사람의 감정선 파손은 성격을 파괴해 불행을 만들지만
사람의 감정선을 살려내면 놀라운 예술을 탄생시킨다

감정이 만들어놓은 흔적들에 뼛속까지 상처를 입어

고통을 어깨에 짊어질 때 무척이나 힘들었다

사람의 감정은 아름답기도 하고 멋있기도 하고
놀라운 기쁨을 만든다
사람의 감정이 살아 있어야 진정한 인간미를 만날 수 있다

사람의 희망

사람만이 희망을 품고 살아간다
희망은 내일이 오면
좋은 일과 좋은 결과가 있기를 바라는 것이다

희망을 이루어가는 것은 눈에 보이지 않는
바라고 원하는 것들이 눈앞에 보이는 현실이 되는 것이다

사람들의 희망은
지상의 수많은 사람이 제각기 달라서 천태만상이다
꿈이 없이 사는 사람도 있지만
어린아이로부터 노인까지 대부분 사람은
희망을 품고 희망을 이루어가며 살고 있다

희망이 빛을 발하고 이루어지려면
인내와 피땀 눈물을 흘리는 노력이 필요하다

사람의 희망은 다양해
돈 많은 부자, 성공한 사업가, 유능한 정치인,
강의 잘하는 사람, 교수, 예술가, 검사, 판사, 변호사, 경찰,

군인, 외교관, 가수, 사회자, 배우, 뮤지컬 배우, 광고 모델
수를 헤아릴 수 없을 만큼 많은 직업이 있고
부를 갖기를 원한다

전 세계를 여행하기를 원하고
자기가 원하는 집과 직업을 갖기를 원하고
자기가 원하는 자동차와 좋아하는 것들을 수집하고
자기가 받은 상을 아름답게 진열하기를 원한다

희망의 밭을 만들고 개간하고 희망의 씨를 뿌리고
희망이 자라게 하고
희망이 꽃을 피우고 열매 맺게 하는 것이
사람의 능력이요 힘이다

사람들은 누구나 오늘도 희망을 이루기 위하여
최선의 노력으로 최대한의 힘을 발휘하고 있다

사람과 일

사람의 일에는
육체적인 일과 정신적인 일이 있는데
사람은 자기의 일을 스스로 선택하고 일하면서 살아간다

세상에는 일만 하는 일중독자도 있고
일하지 않는 건달도 있고
일이 없어 노는 실업자도 있다

즐겁고 기쁘게 일하며 보람을 느끼는 사람도 있고
피곤해하고 힘들어하면서
불평불만이 입에 붙은 사람도 있다

같은 일을 해도 성실하게 꾸준하게
보람을 느끼며 목표를 성취하는 사람도 있고
대충 하다가 중간에 그만두는 사람도 있다

어떤 일을 하는지
직업에 따라 수입도 삶도 달라진다

사람의 일은 수입을 만들고
수입에 따라 환경과 생활이 전혀 다른 모습이 된다

일에 따라 수입에 따라
행복과 불행을 느끼는 사람들이 있다

사람들은 자기가 하고 싶은 일
자기가 원하는 일을 하며
자신의 꿈을 이루어가기를 원한다

사람의 일은 열매와 소득을 만들고
일은 보람과 행복을 만들고
일은 내일의 삶을 만들어놓는다

사람과 정

사람에게는 삶 속에서 정이 중요하다

사람과 사람 사이에는 사람만이 느낄 수 있는 정이 있다
사람들은 살아가면서 정이 들면 서로 가까워지고
정이 떨어지면 멀어져 간다

정이 들면 친한 사이가 돼 웃음 나오고 이야기꽃이 피고
정이 사라지면 원수가 되고 화를 내고 비난한다

아름다운 자연도 사람들에게 풍경을 통하여
훈훈한 정을 보여주고 선물해 준다
삭막하고 차가운 세상에서
사람들은 정 주고받기를 원한다

사람과 사람 사이에 정이 있으면
성겨움이 깃들고 사랑이 깃들고
정이 없으면 거칠고 싸우고 다투는 사이가 된다

진실한 사랑은 깊은 정을 주고 나누지만

거짓 사랑은 유혹일 뿐 정 주는 척하다가 떠난다

마음속 정이 붙고 흐르고 스며들어 따뜻해진 정은
상처를 치유해 주고 살맛이 나게 해주고
차가운 몰인정은 가슴에 못을 박는다

정이 있으면 관계가 지속되지만
정이 없으면 관계가 멀어진다

정이 많은 사람은 천성이 따뜻하고
얼굴도 온순하고 편한 사람이지만
정이 없는 사람은 거칠고 까다롭고
얼굴도 험상궂고 인상이 좋지 않다

정이 많으면 많을수록 살기 좋은 세상이 되고
정 없는 세상은 쓸쓸한 세상 고독사를 부른다

사람과 시간 1

사람들은 운명이라는 주어진 시간 속에서 살다가 떠나고
시간은 어디서 와서 어디로 가는지 알 수 없지만
모든 것은 시간 속에서 이루어진다

시간은 보이지 않지만 움직임은 느낄 수 있고
시계는 반복된 시간을 알려도
언제나 새로운 시간이 흘러가고
시간은 머뭇거리지 않고 서성거림도 없이 떠나간다

사람의 삶은 영원한 시간을 사는 것이 아니라
제한된 시간을 당기지도 못하고
미루지도 못하면서 언제나 현재 시간을 살아가기에
시간은 사람을 살리기도 하고 죽이기도 한다

시간은 머물지 않고 늘 위급한 듯 빨리 떠나기에
사람도 시간의 흐름 속에 바쁘게 움직이며 살아간다

사람들은 시간 속에 각 분야에서 열심히 일하며
살기 좋은 세상 변화가 있는 세상을 만들려고

모든 노력과 열정을 쏟아내고 있다

시간은 시간 속에서 태어난 사람을
아기, 어린이, 젊은이, 장년, 황혼이 짙은
노인에 이르기까지 그들의 삶을 만들어놓는다

사람의 시간은 사랑을 만들고 이별을 만들고
예술을 만들고 문화를 만들고 건축물을 만들고
음식을 만들고 다양한 것들을 새롭게 만들어간다

사람이 살고 지나간 시간은 저 멀리 흘러가 추억이 되고
시간은 정확하게 현실을 찾아왔다가
흘러가면 과거로 옷을 갈아입고
한번 흘러가고 떠나간 시간은 결코 다시 돌아오지 않는다

사람과 시간 2

삶에 허락된 시간은 단 한 번뿐이다

삶의 시간은 세월이 흘러갈수록
점점 줄어들어 가고
삶의 시간은 어떤 방법으로도
바꿀 수도 조정할 수도 없다

사람들이 삶의 시간을 잘 활용해서 쓰든
제멋대로 방치하여 흘려보내든
시간은 거덜이 나고 사라진다

삶의 시간은 나의 잘못으로
때를 놓칠 수도 있고
나의 실수로 헛되게 보낼 수도 있다

지난 시간 속에서 기억은
생각났다, 안 났다 숨바꼭질을 한다

삶의 시간은 절대로

다시 돌아오지 않기에
허송세월로 살아갈 것이 아니라
소중하게 아끼며 보람과 의미가 있는
삶을 살아야 결코 후회가 없을 것이다

사람과 술

사랑의 역사와 술의 역사는 함께 쓰여왔다
사람들은 술을 원하여 술을 만들고
흥이 나도록 취하게 먹으며 살아간다
술이 지나치면 중독이 되고 여러 가지 부작용을 보이고
병을 부르지만 술을 즐기면 삶이 즐겁다

술에 술을 마시며 폭음하는 사람이 있지만
한 잔의 술에 낭만을 느끼고 즐기는 사람도 있고
술을 마시면 크게 떠드는 사람 노래하는 사람
옷을 벗는 사람 잠을 자는 사람
각양각색 사람들의 모습이 나타난다

술이 화근이 되어 불행을 만들기도 하고 싸움이 일어나고
음주 운전을 하여 교통사고가 나고
싸움 끝에 죽음에 이르기도 하지만
술이 인연이 되어 사랑하고 결혼하는 사람도 있다

술병에 술이 가득 들어 있어도 술병은 취하지 않고
술에 술을 마신 사람이 취한다

사람들은 술에 취해 몸과 마음이 흔들리는 것을 좋아한다
비가 추적추적 내리는 날
갈 곳도 없고 마음마저 폭 젖어 드는
땅거미가 내리는 오후, 왜 나만 이렇게 살까
울컥 눈물이 쏟아질 것 같아 마음을 달래려고 주막에 간다

술 한 잔 손에 들고 혼자 쓸쓸히 술을 마시니
목구멍에 술보다 먼저 고독이 술술 넘어간다
사람은 술을 만들어 부자가 되기도 하고
술을 먹고 죽기도 하니 참 요상한 것이 술이다

술 한 잔 술 한 잔 더할 때마다
우정이 깊어지고 친구가 좋아진다
술 한 잔 술 한 잔 더할 때마다 취기가 오르면
내가 사는 세상도 좋다
눈 오는 날 저녁이면 너를 만나 술 한잔 마시고 싶다

사람과 병

삶 속에서 건강하고 튼튼하게 살아가는 사람도 많지만
몸과 마음이 약하여 병에 시달리며
힘들게 사는 사람도 있다

단 한 번 왔다 가는 삶 동안에
암, 백혈병, 당뇨, 고혈압, 폐렴, 결핵 등
수많은 병과 바이러스
정신병, 치매와 각종 사고와 교통사고로 인하여
몸과 마음이 망가져서 시달리며 살아가는 사람도 많다

육체적인 병도 있지만 마음의 병과 정신적인 병도
사람들은 많이 앓고 살아간다

사람이 병에 걸리면 잘 치료되는 사람도 있지만
오랫동안 앓아 지병이 되어 투병하는 사람도 있다

삶 속에서 온갖 병은 사람들을 끊임없이 공격하고
쳐들어와 사람의 몸과 마음을 괴롭힌다
병은 사람들의 모든 행복을 빼앗고 행복과 돈은 물론

사람의 목숨까지도 빼앗아 달아난다

병들어서 병 속에서 산다는 것은
참으로 힘들고 괴로운 일이다

병이 들면 병마와 싸우면서도
걱정과 근심이 온몸에 매달려 괴롭히기에
몹시 고통스럽고 견디기가 힘들다

삶에 어떤 병도 초대하지 마라
병은 고통 속에서도 수많은 아픈 사연을 만들어놓는다

사람과 사랑

사람의 삶은 사랑이다
사랑은 아름답고 소중하고 멋진 것이다

사랑은 모든 것을 가능하게 하는 놀라운 힘이 있고
사랑의 색깔과 모양은
사랑하는 사람마다 각각 다르다

사랑에 눈을 뜨는 순간
세상은 달라지고 사랑을 찾아 만나기를 원한다

사람은 사랑을 떠나서 살 수 없어
사랑하는 마음이 사랑에 물들고 사랑에 빠진다

사람은 사랑 속에 태어나서 사랑 속에 자라나고
사랑을 만나고 사랑을 하다가 죽음이 오면
사랑과 이별하고 세상을 떠난다

사람은 참사랑과 진실한 사랑을 원하지만
유혹 속에 헛된 사랑과 거짓 사랑도 있다

사람이 사랑을 하고 진실한 사랑에 빠지면
얼굴 모습도 삶도 생활도 모든 것이 달라지고
아름답게 힘차게 살아간다

헛된 사랑에 빠지면 타락하고 변질되고
삶이 무너지고 파괴되고 만다

사랑하던 사람이 세상을 떠날 때
이별의 아픔은 모진 슬픔을 남긴다

극심한 고통 속에서 사람을 살리는 사랑은
가장 위대한 인간 사랑이다

사람과 직업

사람의 직업은 아주 다양하고
그 숫자를 헤아리기 어렵다

한때 직업 중에 가장 쉽게 떠올리는 직업은
농사를 짓는 농부
바다에서 고기를 잡는 어부
탄광에서 일하는 광부였다

직업이 매우 다양해지자 사람들은
다양한 직업 중에서
자신의 평생 직업을 선택하며 살아간다

병든 사람을 치료하고 고치는 의사, 간호사, 약사
사람들을 가르치는 교사, 교수
법 속에서 일하는 판사, 검사, 변호사
죄수를 관리하는 교도관도 있다

비행기 조종사, 버스 운전사, 철도 기관사
빵을 만들고 음식을 만드는 셰프

각종 제품을 만드는 사람 등 직업은 참으로 다양하다

사람들은 직업에 따라 얼굴 모습도 성격도
삶의 모습도 수입도 각각 달라진다

사람들은 노력하여 자기가 원하는 직업을 갖고
마음껏 일하며 돈을 벌어
행복한 삶을 살고 싶어 한다

자기가 원하는 직업 속에서 행복한 사람도 있고
원하지 않는 직업 속에서 늘 힘들고 지치는 사람도 있다
자신의 직업이 자신의 삶을 만든다

사람과 집

사람은 살고 쉬고 활동하는 집을 짓고 살아간다

사람은 쪽방에서 단독주택
빌라 아파트 저택에 이르기까지 아주 다양한 곳에서
집을 짓고 다양한 모습으로 살아간다

개인이 짓는 집은 집 모양도 평수도
개인의 부와 취향에 따라 달라진다

사람들은 돈을 벌어서
자기들이 원하는 집을 구하거나 지어서
집 안을 자기들이 원하는 대로 꾸며 살고 싶어 한다

집의 구조로 거실이 큰 것을 좋아하는 사람도 있고
여러 개의 방을 다양하게 사용하고 싶어 하는 사람도 있다

집을 미술관처럼 만드는 사람도 있고
집을 각종 가구로 장식하기도 하고
집 분위기를 카페처럼 꾸미는 사람도 있고

영화 감상실, 음악 감상실을 만드는 사람도 있다

단순하게 별로 꾸밈없이
집을 편안하고 아늑한 쉼터의 공간으로 만들어 사는
평범한 사람들도 많다

집은 가족들의 사랑의 보금자리이고
가족들이 사랑과 행복을 누리는 곳으로 만드는 것이
가장 행복한 일이다

집은 가족들의 웃음이 가득하고 사랑이 가득하고
행복이 가득한 곳이 되어야 한다

사람과 커피

사람과 커피는 늘 만나는
다정하고 정겨운 친구 사이다

사람들은 언제 어디서나 커피를 만나고 싶어 하고
커피 한잔의 여유를 갖고 싶어 한다

커피를 마시면 쓴맛 단맛이
인생의 맛처럼 다가온다

커피는 혼자 마실 때 감성이 살아나고
사람을 만나 같이 마실 때도 다정다감을 선물한다

사람들은 커피를 다양하게 즐기고 마신다
블랙커피를 고집하는 사람도 있고 시간적 여유로움 속에
핸드 드립을 즐기는 사람도 있다
에스프레소를 좋아하는 사람도 있고
아이스 아메리카노를 사시사철 즐겨 마시는 사람도 있다

시간도 한정하지 않고 새벽부터 한밤중까지

커피를 사랑하는 사람처럼 곁에 두고 마시는 사람도 있다

사람의 감성에 따라 커피가 찾아와
외로울 때 고독할 때 쓸쓸할 때 사랑할 때 행복할 때
마시는 커피가 각각 맛이 다르다

한잔의 커피가 참 매력이 있다
한밤중에 마시는 커피는 어둠을 퍼다 만든 것 같고
가을 커피는 낙엽이 녹아 있는 것 같고
흐르는 강을 보며 마시는 커피는
강물을 퍼다 만든 것 같다

사람이 여행을 떠나도 여행지 곳곳에서 마시는 커피가
그 나라의 취향에 따라 맛이 달라 색다른 매력이 있다

사람과 커피는 삶을 동행하는 친구 사이다

사람과 인사

사람이 인사를 하는 것은
눈과 눈이 마주치는 만남의 시작이다

예의를 갖추고 정중하고
따뜻한 미소로 인사를 해야 한다

인사를 사소하게 여겨
제대로 하지 않는 사람은
교만하고 인간미가 없는
진실하지 못한 사람이다

언제 어디서 만나도
인사를 따뜻하게 하는 사람은
정을 주고 행복을 주는 사람이다

인사를 경솔하게 하는 사람은
늘 인간관계에 불평을 일삼고
분쟁을 일으키고
다툼을 일으키는 사람이다

타인에게 따뜻하게 인사를 하는 것은
자신의 마음을
먼저 열어 보여주는 것이다

사람과 꿈과 희망

사람은 꿈과 희망을 갖고 목표를 만들고
목적을 이루는 기쁨 속에 살아가기를 원한다

밤하늘의 별빛이 다르듯이
사람들의 꿈도 각기 다르다
사람은 내일의 꿈이 분명할 때
오늘을 힘차게 살아갈 수 있는 힘이 생긴다

사람은 꿈을 꾸고 희망을 갖고
꿈과 희망을 현실로 만들며 살아간다

사람은 자신이 원하는 꿈과 희망이 이루어지는
인생 최고의 날을 만들기 위하여
모든 열정을 쏟고 피와 땀을 아끼지 않는다

꿈과 희망이 있는 사람은
눈빛과 마음가짐과 행동이 분명하고 다르다
항상 남보다 한발 앞서서 움직이고 행동하며
언제나 최선을 다하여 최대의 효과를 얻어낸다

사람은 꿈과 희망을 이루기 위하여
자신의 모든 것과 뜨거운 열정과 자신감을 갖고
열매를 얻어낸다

꿈과 희망을 이룬 사람들은 인생의 승리자이며
자신의 삶에서 만족과 기쁨을
마음껏 누리는 행복한 사람들이다

꿈을 꾸고 꿈을 이루어가는 사람들을 통하여
세상은 날마다 새롭게 발전해 나가고 있고
꿈을 이루어갈수록 끝없이 새로운 꿈이 이어진다

사람과 길

사람은 길을 만든다
사람은 자신이 가야 할 길을 만들며 살아가고
사람이 걸으면 어디서든지 길이 시작된다
길은 시작되는 곳이 있고 끝나는 곳이 있어서 길이다

사람들은 하늘과 땅 바다 땅속 바닷속까지
길을 만들며 살아가고
사람들은 길 위에서 만나고 길 위에서 헤어지고
일생을 길에서 살다 떠난다

극심한 혼돈 속에서도 길을 찾아내는 것이 사람이다
사람이 생명의 길을 걷다 죽음의 길을 만나면
인생은 끝이 난다

길이 있는 곳에서는 이야기가 만들어지고
사랑과 이별이 일어난다
내 마음속 길에는 순수한 내 마음이 살고 있고
길은 모든 것을 연결해 주고 이어주고
함께해 주는 역할을 한다

사람은 길 위에서 삶을 만들고 인생을 만들고
역사를 만들어간다
길은 핏줄처럼 사람의 삶을 연결해 준다

사람은 길에서 또 다른 길을 만나고
길이 끝나는 곳에서 모든 것이 끝난다

사람의 삶 속에서 고통과 아픔은 지나온 길이 되어
멀어져 가고 추억이 되어 남는다

삶의 길 너무 멀리 왔더니 황혼이 되어
추억의 문을 열면
과거의 시간으로 여행할 수 있는 길이 열린다

사람의 생각 1

사람의 생각은 한순간도 머릿속을 떠나지 않고
사람의 모든 삶과 행동은
생각 속에서 만들어지고 이루어진다

사람의 생각의 길은 수천수만 개의 갈래로 갈라져
끝없이 한없이 펼쳐나가며 수많은 일을 이루어간다

사람은 생각하고 고민하고 몰두하고 몰입하며
생각은 생각을 낳고 그 생각은 또 다른 생각을 만든다

생각의 색깔과 틀과 모양과 형태는
사람마다 각각 그 모습이 다르게 나타난다

생각의 골목에서, 생각의 거리에서, 생각의 들판에서
좋은 생각이 좋은 행동을 만들고
악한 생각이 악한 행동을 만들고
생각이 엉뚱한 곳으로 가지를 뻗으면 불행을 만든다

사람의 생각이 삶을 살아가는 길과 통로를 만들고

그 사람의 모든 것을 만들어낸다

생각이 떠나지 않고 고민 끝에 매달려 있어도
생각의 뿌리가 안정돼 있으면 생각의 나무에서
좋은 열매가 열린다

사람의 생각이 옳고 바르면
알찬 열매를 맺는 좋은 결과를 만든다

사람의 생각 2

온 우주에 존재하는 생명체 중에
인간의 생각이 가장 뛰어나다

사람은 수많은 생각 속에 수많은 행동을 만들어낸다
사람은 헤아리고 판단하고 인식하고 행동을 시작한다

이 세상의 모든 전쟁과 평화는
사람의 생각에서부터 출발한다

사람의 생각은 미술, 춤, 음악, 조각, 영화, 문학 등
예술을 만들고 수많은 건축과 제품을 만들어낸다

생각이 생각으로 끝나면 무의미하지만
좋은 생각으로 바른 행동을 하면
바른 결과가 나온다

사람은 생각 속에 존재하고
생각 속에 살아가고
생각 속에 인생을 만들어간다

2부

사람과 음식

사람은 먹어야 살고 살기 위하여 음식을 찾고 먹으며
사람은 음식 먹는 재미에 사는 맛을 느낀다

음식은 세월이 흘러가며 다양한 요리법이 개발되고
양념이 새롭게 만들어지며 음식 맛이 날로 좋아지고 있다

음식의 종류는 나라마다 지방마다 다르고
좋아하는 음식도 사람마다 제각각 다르다

음식을 즐기는 미식가도 많이 생겨나고
음식을 잘 만드는 이름 있는 셰프들도 많이 늘어났다

음식을 즐기는 미식가들이
길 따라 음식 따라 여행하며
음식을 즐기는 문화도 생겨난 것을 보면
현대사회의 음식 문화가 얼마나 대단한지 알 수 있다

사람의 입맛이 참으로 대단하여 맛난 음식 좋은 음식을
잘 찾아내어 사람들에게 알리고 있다

어떤 음식이든지 잘한다 소문이 나면 서로 달려가서
줄을 서서 기다리며 음식을 주문하고 맛있게 먹으며
삶을 즐겁게 살아가고 있다

음식은 한식, 중식, 일식, 서양식으로 다양하고
한정식, 생선 초밥, 연어, 돈가스, 탕수육, 카레,
각종 생선구이와 고기구이,
소갈비, 돼지갈비, 양갈비, 오리고기, 닭고기, 흑염소고기 등
음식의 종류를 다 말할 수 없다

살아가는 동안 사람들은 음식 문화를 계속하여
맛있는 음식과 다양한 음식으로 발전시켜 나가고
사람들은 음식을 즐겨 먹으며 살맛을 느끼며 살아갈 것이다

사람과 끼

사람에게는 독특한 끼가 있다
타고난 예술적 감각과 끼는 모든 예술을 발전시키고
새롭게 창조하여 나간다

사람의 탁월한 끼는 재주와 지혜와 솜씨가
함께 어울려 상상 이상의 놀라운 일들을 만들어놓는다

끼는 새로운 것을 찾아내고 발견하고 모색하여
또 다른 것들을 만들어내고
새로운 예술의 길을 열어간다

끼가 있는 사람은 생각이 다르고
손길이 달라 다른 사람이 할 수 없는 일들을 해낸다

사람의 독특하고 뛰어난 끼는
탁월하고 놀라운 예술의 세계로 안내한다

문학과 조각과 그림과 글씨와 춤과 음식과 온갖 건축물이
끼가 있는 사람들의 솜씨로 인하여

아름답고 멋지게 사람들에게 다가가고 보여지는 것이다

타고난 예술적 끼가 있는 사람들이
명작과 명품을 만들어 세상에 내놓는다

유혹의 끼가 흘러넘치는 사람은
삶을 불행하게 만든다

사람과 성

사람과 성은 늘 가까이 있다
성은 남녀가 서로 사랑하고 육체가 서로 만나
자식을 낳는 아름다운 성이 있고
육체적 욕망만 가득하여 타락하고 변질되어
무질서하고 부패한 성이 있다

아름답게 절제된 성은 행복을 만들지만
타락하고 음란한 성은 사람의 몸과 마음을 상하게 한다

성생활도 보이지 않는 선과 둘레가 있어
순리와 질서를 지켜야 하고 한계를 벗어나지 말아야 한다
사람이 성의 범위와 한계를 벗어나면
성은 성이 아니라 쾌락의 도구가 되어
끝내는 절망과 고통을 준다

성의 질서가 변질되어 성범죄가 늘어나는 것은
인간 스스로 통제하고 전제하지 못하고
인간 스스로가 타락하고 있다는 증거이다

사람들 속에 각종 성범죄가 날마다 늘어가고 있고
사람들 속에서 현대사회의 고독과 쓸쓸함 속에
음지에서 각종 성 문화가 변질되어 성행하고 있다

사람과 성은 늘 가까이 있다
성은 언제나 아름다운 사랑에서 이루어져야 한다

성은 진실한 사랑 속에 이루어질 때 아름다운 것이며
성은 가까운 사랑 속에 이루어질 때 행복한 것이다

사람과 책

책은 사람들의 삶의 이야기를 적어놓은 것이며
책 속에 작가의 과거 이야기가 담겨 있다

책 속에는 작가의 삶이 그려져 있고
작가의 직간접 체험과 경험이 녹아 있다

사람만이 책을 쓰고 책을 보고 책을 수집하고
보관하며 늘 곁에 두고 살아간다

사람이 책을 많이 읽을수록
지혜와 지식이 풍부해지고
한 분야의 책을 많이 읽을수록 전문 지식이 많아진다

사람이 다양한 분야의 책을 읽을 때
다방면의 지식을 얻어서
자기 삶 속에서 적용하고 활용하여 나간다

책은 사람의 삶 속에서 필수 동행자다
시인이 언어의 마술사가 되려면

언어의 다양성을 위하여 수많은 책을 읽어야 한다
책의 홍수 시대에 책을 읽는 사람들이
점점 줄어가고 있다

책은 삶의 양식이며 마음의 양식이다
책을 읽어야 언어가 풍부해지고
다양한 지식을 통하여 마음이 풍요로워진다

내가 경험하지 못한 일도
책을 통하여 간접 경험을 할 수 있다

책은 사람의 생각과 마음을 풍요롭게 해준다
사람은 늘 책을 가까이하는 삶을 살아야 한다

사람과 운동경기

사람은 운동을 통하여
건강한 몸을 유지하고 삶에 활력을 불어넣는다
사람들은 걷기운동을 통하여
자연을 만나고 자신을 만나며 산다
사람이 사는 세상에는 수많은 운동경기들이
세상 이곳저곳에서 벌어지며 사람들을 불러 모으고 있다

골프, 축구, 야구, 배구, 농구, 아이스하키, 테니스, 역도,
마라톤, 높이뛰기, 요트, 승마, 태권도, 유도, 기계체조 등
수많은 종목에서 뛰는 선수들과 경기를 보는 사람들이 있다

경기를 잘하는 팀은 팬클럽이 생겨나고
팬들이 열광하며 응원하고 경기를 관람하며 환호를 지른다
각종 경기의 선수들은
사랑받고 주목받는 선수가 되려고 끊임없이 노력한다

올림픽 경기, 월드컵 경기, 국제 대회 등은 물론이고
각 나라에서 열리는 자국 경기에서도
수없이 많은 스타 선수들이 해마다 등장한다

운동경기는 건전한 스포츠 정신을 발전시켜 나간다
　승자에게는 손뼉을 치고 패자에게는 아낌없는 격려를 통
하여
　새로운 도전을 하게 만든다

　어떤 경기든지 영원한 승자는 없고
　오늘의 승자는 내일 바뀔 수 있는 것이다
　열심히 땀 흘려 노력하는 선수만이 승자가 될 수 있다
　경기의 선수로서도 경기를 관람하는 팬으로서도
　운동경기를 즐기는 사람이라면 행복한 사람이다

사람과 만남

사람은 홀로는 고독하고 쓸쓸하고 외로워서
만남을 통하여 마음에 평안과 안정을 갖고 여유를 찾는다

사람의 삶은 만남 속에 이루어진다
사람은 태어나 엄마와의 첫 만남으로부터 시작하여
가족을 만난다

사람은 평생 수많은 사람을 만나고 사는데
친구를 만나고 동료를 만나고 이웃을 만나고
사랑하는 사람을 만나며 살아간다

사람은 어른이 되면 사랑을 하고
사랑하는 사람과 결혼하여 가족을 만난다

둘이 하나가 되는 사랑이라는 이름의 결혼은
만남 중에 가장 소중한 만남이다
일평생 생사고락을 함께하기 때문이다

사람의 만남이 좋은 인연으로 행복한 만남이 돼야지

악연을 만나는 치명적인 불행을 초래하면 안 된다

사람을 만남이 행복이 되어야지
불행의 출발이나 시작이 되어서는 안 된다

사람의 모든 만남이 소중한 만남 좋은 관계로
아름다운 인연으로 이어져 가야 한다

사람과 그리움

사람은 일평생 만나고 헤어지며
그리움 속에 살아간다
혼자 멀리 떨어져 있을 때 가족을 그리워하는 것은
사랑의 마음이 가득한 것이다

사람들은 지난 그리움과 다가올 그리움에
모든 걸 쏟아놓고 그리움에 빠져 살아간다

그리움의 손을 잡고 있으면
보고픈 얼굴이 마음의 영상에 떠오르고
사람은 혼자 있으면 고독하기에
누군가 사랑하는 사람을 그리워하며 만나고 싶어 한다

사람은 사람에 대한 그리움, 꿈과 희망과 자연에 대한 그
리움,
동경 대상에 대한 그리움을 안고 살아간다

그리움은 많은 예술 작품을 탄생시키고
시인들의 시는 그리움을 노래하고 있다

사랑하는 사람과 함께 있던 시간이 홀로 있는 시간이 되면
지나고 떠나는 시간이 그리움을 만들어놓는다

같이 있다 떠난 사람의 눈짓, 몸짓, 같이 나눈 말들이
하나하나 살아나 그리움을 만들고
뼈아픈 그리움으로 갈비뼈가 멍울지게도 하고
오래전에 떠난 사람들은 까마득한 그리움이 되기도 한다

사랑하는 사람이 마음에 꼭 끼어 눈에 보이지 않아도
그리움과 고독을 만들고
고독은 쓸쓸함과 외로움을 만들어놓는다

사람은 평생토록 그리워하고 사랑하며 살고
그리움은 사람의 마음을 통으로 차지하고 있다

사람과 자리

사람의 인생은 자리 차지하기다

사람마다 그 사람이 있어야 할 자리가 있다
사람에게는 앉아야 할 자리가 있고
앉지 말아야 할 자리가 있다

자기 자리가 아니라 남의 자리에 앉아 있으면
불편하고 유지하고 있기가 힘들고 괴롭다

어떤 자리든지 지나치게 욕심을 내어 앉으면
자리의 역할을 다하지 못하고 무능력하여
오래가지 못하고 자리에서 내려오게 된다

사람이 지나치게 권력의 자리를 탐하면
목숨조차 비참해질 수도 있다

사람은 자기에게 맞는 자리에 앉으면
모든 것이 편안하고 순조롭고
마음 편하게 일하며 삶을 즐기며

행복하고 여유롭게 살 수 있다

자리가 불편하면 말썽이 생기고 비난과 비판을 받고
문제가 생기기 시작하고 괴로워진다

사람은 자기 자리에 앉아
자기 몫의 인생을 사람답게 사는 것이
가장 좋고 행복한 일이다

사람의 말 1

사람은 말을 하며 대화를 나누며
살아가는 독특한 생명체다
사람의 말은 사람의 생각과 마음과 감정을 드러낸다

말이라고 다 말이 아니다
사람의 말도 해야 할 말이 있고 참아야 할 말이 있다

사람의 말은 한없이 선할 수 있고
한없이 악하여 죽음으로 몰고 갈 수도 있다

말은 사랑의 말이 될 수도 있고
미움의 말 협박과 증오의 말이 될 수도 있고
날 선 비판과 조롱의 말이 될 수도 있다

말이 많으면 실수가 될 수 있으니 줄여가며
사람은 자기가 한 말에 대해
책임을 지는 삶을 살아야 한다

사람은 부정적인 말보다 긍정적인 말을 해야 하고

남의 단점을 말하기보다 남의 장점을 찾아내어
칭찬하고 격려하는 넓은 마음이 필요하다

남을 함부로 비난하고 비판하고 조롱하는 것은
남의 마음에 상처를 입히는 가장 악랄한 행동이다

사람은 말로 사랑을 고백할 수도 있고
이별하며 떠날 수도 있다
사람은 말로 모든 것을 표현하며 살아간다

사람의 말 2

사람의 말이 다른 사람들을
조목조목 낱낱이 살펴보고 있다

사람들은 남의 허점이 하나라도 드러나고
모순을 찾아내면
일제히 떠들고 비난하기 시작한다

수많은 말과 떠드는 말이
가시가 돋고 화살이 되고 창이 되어
남을 쓰러뜨리고 무너뜨린다

사람들은 말을 부풀리고 조작하여
남에게 덮어씌워 괴롭히고 못살게 만든다

말로 상처를 받은 사람들을 치유하려면
말이 새롭게 살아나야 한다

생명의 말 사랑의 말
희망의 말이 상처를 치유한다

사람이 왜 그렇게 살까

사람이 평생 일도 하지 않고
날건달로 건들거리며
사람이 왜 그렇게 살까

못난 주제에 주제 파악도 못 하고
몸치장에만 신경 쓰고 주제넘게 바람을 피운다

돈도 못 벌면서 차를 갖고 싶고
남에게는 그럴듯하게 보이고 싶어
안달을 떨면서 산다

이슬 같은 목숨 날건달로 세상을 살면서
하늘에 사람들에게 부끄럽지 않을까

저 하나 때문에
주변 사람들이 힘이 드는데
몸 하나 꼼짝거리기 싫어하며
날건달로
인생을 사는 것이 더 괴롭지 않을까

사람과 추억

추억은 사람이 살아오고 지나온
삶이 만들어놓은 이야기들이다
추억이란 지나가고 떠나간 시간들을 돌이켜
회상하고 생각하는 시간을 갖는 것이다

사람은 살아온 시간 살아가는 시간마다
추억을 남겨놓고
행복했던 날도 불행했던 날도 지나가면
모든 날들이 추억이 된다

기쁘고 즐거워서 쏜살같이 지나간 시간도 있고
감동을 듬뿍 안겨주었던 행복한 시간도 있고
힘들고 지치고 버거워 빨리 지나가기를 원했지만
너무나 더디게 흘러간 시간도 지나가면 추억으로 남는다

사람들은 나이가 들수록 많은 추억과 만나고
추억을 말하며 살아간다

사람들은 아름다운 추억만을 남기고 싶어 하지만

불행하여 지우고 싶고 버리고 싶은 날들의
추억도 고스란히 남기는 마찬가지다

사람의 삶 속에서 흘러가고 떠나가고 지나간 시간들은
추억을 만들고 추억을 남긴다

사람은 추억을 만나면 기억하며 살아간다

사람과 시

사람의 삶 속에 시가 있고 시 속에 사람이 있다
사람과 시의 만남은 아름다운 만남이다

시는 사람의 삶을 그림 그리듯이 리듬을 타고
사진을 찍듯이 한 장 한 장 그대로 써낸다

한목숨 살아감이 이리도 힘든 인생인가
사람은 선한 사람 악한 사람 차이가 너무나 크다
시는 사람의 모든 삶과 감정을
시의 낱말 속에 살아 있는 말로 표현한다

시는 사람의 삶과 죽음
사랑과 이별과 만남과 헤어짐을 표현하고
사람의 고독과 행복을 전해준다

사람을 표현하는 시의 언어가 살아 있고
시의 언어가 풍부하고 풍요롭다

시 한 편 한 편이 사람이 살아가는 길이고

삶의 모습 그대로다
시인은 자신의 삶을 시로 쓰며 일생을 살아간다

종이에 쓰지 않고
마음에 묻어둔 시 나만 읽고 싶다

사람과 사진

사람은 태어날 때부터 죽을 때까지
좋거나 싫거나 순간순간마다 사진을 찍는다

어린 시절에는 부모가 찍어주기를 좋아하고
젊었을 때는 친구들과 서로서로 찍어주기를 좋아한다

사람은 결혼할 때 인생에서 가장 아름다운 장면을
가장 아름답게 포즈를 취하며 사진을 찍는다

사람은 살면서 독사진을 찍고
자신의 얼굴에 감탄하며 살고 감동하며 산다

사람은 장소 불문하고
둘이 같이 사진을 찍고 단체 모임에서도 사진을 많이 찍는다

사람들은 여행하면서 찍은 사진을 보기 좋아하는데
여행에서 찍은 사진을 보면
여행의 순간들이 다시 새롭게 떠오르기 때문이다

사람은 각종 모임, 기념일, 특별한 장소에서
맛있는 음식을 먹을 때 사진을 찍고
인터넷에 올리기를 좋아한다

핸드폰으로 사진을 찍기 시작하면서
사진 찍는 것이 일상이 되어
매일매일 순간마다 자신의 모습을 찍는 사람도 있다

사람의 사진은 삶의 기록이며 인생의 기록이다
사진을 보면 지나간 시간의 얼굴과 표정이
그날의 얼굴 그대로 살아난다

사람과 가족

사람은 부부의 사랑 속에 아기가 태어나
가족을 만들고 행복하게 살아간다

가족이 있는 곳은 행복의 보금자리이며
사랑이 넘치는 둥지다

행복한 가정의 사람들은 표정이 밝고
마음이 편하고 늘 기쁘다

가족이 함께 있으면 외롭지 않고 쓸쓸하지 않고
가족이 함께 어울림이 있어 행복하고
행복한 가족은 모이면 웃음꽃이 피고
행복의 꽃이 피어난다

사람은 가족을 만들고
가족을 위하여 행복의 울타리를 만들어야 한다
가족의 행복은 가족들의 수고와 사랑과 인내로 만들어진다

가족을 사랑하면 가족을 위하여 열심히 일하고

가족을 위하여 아낌없는 보살핌과
헌신과 끊임없는 노력이 필요하다

사람은 가족이 행복할 때
삶의 가치와 삶의 보람을 느끼고
살아감이 힘차고 행복하다

사람과 수집

사람들은 수집하기를 좋아하고 즐긴다

사람은 살아가는 삶 동안 자기가 좋아하는 것들을 수집하고
보고 즐기다가 모두 놓아두고 떠난다

사람들의 수집 취미는 아주 다양하다
책, 골동품, 우표, 돈, 인형, 그림, 자동차, 조각, 보석, 돌,
술병, 종, 컵 등 수집의 대상은 헤아릴 수 없이 많다

사람은 수집을 통하여 자기만족을 느끼고
주변 사람들에게 보여주며
자기만 갖고 있다는 쾌감을 느낀다

수집이 지나쳐 삶을 망치는 경우도 있지만
대부분 사람은 여유롭게 즐기면서
수집을 취미 생활로 활용하고 있다

수집하는 사람들이 자기가 좋아하는 것을 찾았을 때
진한 감동을 느끼는 것은

수집하는 사람들만이 아는 즐거움이고 기쁨이다

어떤 수집가는 자기가 갖고 있던 많은 것을
죽기 전에 다 나누어주고 하나만 갖고 있었더니
한 개 속에 모든 것이 다 들어 있는 것처럼
마음이 편했다고 한다
그리고 죽기 전에 남은 하나마저 주고
홀가분하게 떠났다고 한다

사람들의 삶이 모으고 나누는 것이라면
수집도 꼭 필요하고 좋은 것들은 박물관을 만들어
더 많은 사람이 보고 즐길 수 있다면 좋은 일이다

사람들이 수집하고 모아놓은 것도 나눌 수 있다면 행복하다

사람과 사람 사는 이야기

사람은 이 세상 살면서 사람 사는 이야기를 만들며 산다
시로, 소설로, 수필로, 영화로, 뮤지컬로, 연극으로
사람 사는 수많은 이야기를 만든다

사람은 세상에 태어나서 죽을 때까지
사람을 만나고 헤어지며
순간순간마다 찾아오는 고독하고 쓸쓸하고 괴롭고
기쁘고 즐겁고 감동적인 경험을 이야기로 만든다

명작 영화처럼 감동적인 아름다운 이야기도 있지만
거짓 같은 이야기 보잘것없는 삶 이야기도 만들어진다

아름다운 사랑 이야기를 듣고 있으면
감동해 눈물이 나고 가슴 아프고 시린
전쟁 속 삶의 이야기는 끝없는 안타까움만 남는다

사람은 누구나 자기 인생을 최고로 멋진 이야기로
만들고 싶어 하고 남에게 말하고 들려주어도 좋을
인생을 살고 싶어 한다

삶은 그리 쉽지가 않아 잠시 잠깐 한눈파는 사이에
허술한 틈이 벌어지기 시작한다
나는 괜찮아 하는 것은 어리석은 생각이며
완벽한 사람은 없다
삶은 그냥 얻어지는 것이 아니고 수고와 인내가 필요하다

삶이란 나의 그림을 그리다 가는 것
사람은 사람 사는 이야기를 만들고
사람 이야기 속에 살아간다

사람과 정직한 마음

사람의 마음이 정직하면
맑은 호수처럼 맑고 깨끗하고 투명하다

정직한 마음은 욕심을 버리고
거짓을 떠나 진실한 마음을 가질 때 시작된다

정직한 마음은 헛된 욕망을 버리고
허영을 떠나 착한 마음을 가질 때 시작된다

정직한 마음은 더러운 마음, 추잡한 마음, 엉킨 마음,
타락하고 추락한 마음이 아니라
깨끗하고 정리 정돈이 잘된 질서 정연한 마음이다

사람의 마음이 정직하면
어느 곳 어디에서도 당당하고
아무런 부끄러움이 없다

사랑의 마음이 정직하면
마음을 나타내는 표정이 깨끗하게 살아난다

정직하면 손가락질당할 이유가 없고
비난을 받을 이유도 없다

사람은 맑은 하늘처럼 투명하고
군더더기 하나 없이 일 처리가 분명하고
마음이 깊고 넓어야 한다

사람의 정직한 마음은 무너지는 마음이 아니라
튼튼하게 세워지고 세워주는 마음이다

사람과 밥

사람은
밥 한 그릇에
행복하여 웃고
가슴이 아파서 눈물을 흘린다

배고플 때
빈 밥그릇 보면
배고픔이 더하다

남의 일 하면서
눈칫밥 먹을 때가
정말 힘들다

사람은 한 그릇을 편하게 먹으려고
날마다 열심히 일하며 산다

사람과 신발

사람과 신발은 동행한다

신발은 함부로 자기를
구겨 신는 것을 좋아하지 않고
자기에게 잘 맞는 발의 크기를 원한다

신발은 사람을 떠나서
혼자 거리에 나서거나
혼자 마음대로 걸어가지 않는다

신발은 눈이 보고
사람의 발이 원하는 길을
같이 걸어간다

어느 거리에서도
사람의 발을 떠나
신발이 혼자 걸어 다니는 것을
본 적이 없다

사람과 죄

사람이 사람의 길에서 벗어나
악을 벗어나지 못하고 악에 물들 때
탈선하여 죄를 짓는다

사람이 죄를 지어 들키면 죄인이 되어
감옥에 갇히는 신세가 된다

사람이 죄를 짓는 것은 가장 비참하고
가장 못나고 초라하고
가장 비극적이고 비인간적인 삶을 사는 것이다

죄를 짓는 것을 끊지 않고
죄 짓는 것을 계속하며 즐기는 사람은
악인 중에 최악의 악인이다

사람도 타락하면 악마가 되고
절망의 싹은 아무리 자라도 열매가 없고
악마는 죄 짓기를 밥 먹듯이 하고 산다

죄는 또다시 죄를 부르고 죄는 죄를 낳고
죄는 또 다른 죄로 번져나가고
들키지 않아도 마음에 걸려 죄책감에 사로잡힌다

죄를 짓는 것은 선한 마음을 버린
악하고 더러운 마음이고
삶의 마지막에 가는 곳이 무덤이라 너무 비참하다

사람이 죄를 떠나 선하고 착하게 살아야
사람다운 삶 인간다운 삶을 살 수 있다

사람과 짐

사람들은 저마다 져야 할 짐이 있다

이 세상 살고 있는 다른 동물들은
사람처럼 짐을 만들지 않고
짐 때문에 고생하지 않는다

사람만이 짐을 만들고 스스로 짐을 지고
다른 동물들에게 짐을 지워
힘쓰고 다니며 고통스럽게 만든다

사람은 움직일 때마다 짐을 갖고 다니지만
동물들은 아무 짐도 없이
홀가분하게 마음껏 돌아다닌다

죽어서도 동물들은 자연스럽게
자연으로 돌아가지만
사람만이 무덤을 만들고
잔인하게 태우는 화장을 한다

세상에서 가장 큰소리치고
가장 대단한 삶을 사는 것처럼 잘난 척해도
사람은 스스로 고통스럽게
죽을 때 가져가지도 못하는
수많은 짐을 만들며 살고 있다

사람과 숫자 놀이

사람의 인생은 숫자 놀이다

흘러가는 세월 속에
만나면 나이를 서로 묻는 것도
숫자 놀이다

키가 얼마냐 몸무게가 얼마냐
허리둘레는 얼마냐 숫자 놀이다

살고 있는 아파트 평수를 말하는 것도
아파트 높이를 말하는 것도 숫자 놀이다

연봉이 얼마 월급이 얼마
말하는 것도 숫자 놀이다

결혼식도 하객이 얼마나 오고
축의금이 얼마나 계산하는 것도
숫자 놀이다

숫자 놀이 좋아하는 계산 빠른 사람들이 부자가 되고
숫자에 욕심 없는 사람들은 주어진 인생 평범하게 산다

인생은 숫자 놀이에서 떠날 수 없어
평생 숫자 놀이 하다
준비 없이 죽음을 맞이한다

장례를 치르고 나면
조의금을 계산하는 것도 숫자 놀이다

사람답게 살고 싶다

내 몸 안에 살고 있는 짐승이
수많은 욕심을 부릴 대로 부려
세상 것을 더 많이 갖고 싶어
물불을 안 가리고 몸부림친다

내 몸 안의 짐승이 독한 술에 빠지고 싶어 하고
욕망에 불타 시도 때도 없이
온갖 불륜을 떠올리며 저지르고 싶어 한다

내 몸 안에 살고 있는 악마는
남을 조롱하고 비웃고 비난하여 쓰러뜨리고
넘어뜨리고 싶어 생난리를 친다

내가 사람답게 사람 냄새 나게 살고 싶다면
내 안에 살기를 원하는 짐승과 악마와
하루속히 결별해야 한다

이 세상에 살면서 상처받는 일이 얼마나
고통스러운 일인데

나 때문에 상처받아 아파하는 것보다
서로 함께하고 서로 같이하고
서로 감동받아 행복하고 기뻐하는 사람이
많을수록 좋다

내 안의 짐승과 악마를 내쫓고
진정한 나를 찾아
사람답게 사람 냄새 나게 살고 싶다

사람과 빈손 인생

사람의 인생은 빈손 인생이다
빈손 인생이니 욕심내지 말자

사람의 손바닥 위에 올려놓아야
얼마나 올려놓겠느냐

열 손가락으로 쥐어보아야
얼마나 쥐겠느냐

떠날 때 입는 수의에
주머니 하나 없는데
무엇을 가지고 가겠는가

빈손으로 왔다
빈손으로 돌아가는 인생
욕심내지 마라

3부

사람과 욕심

사람의 욕심은 한이 없고 끝이 없거니와 크고 넓고 깊어서
헤아릴 길 없고 바벨탑처럼 무작정 높이 쌓기를 원한다

사람의 욕심은 모든 것을 갖고자 심술보를 만들어
탐내고 빼앗고 훔치고 욕심의 혀를 내밀며
미친 듯이 환장한 듯이 살게 하고
구두쇠로 만들고 욕심에 갇혀 살게 하기도 한다
사람의 욕심은 다툼과 싸움을 만들고 분쟁을 일으키고
전쟁을 부르고 사람과 사람 사이에 벽을 만들어놓는다

사람이 욕심을 내어 남의 것을 탐내고
많은 것을 가져보아도 마음은 점점 더 허무해질 뿐이다
사람이 가슴에 욕심 덩어리가 없어야
홀가분하게 살아갈 수 있다
나뭇가지에도 열매가 너무 많이 달리면 가지가 찢어지듯
욕심은 상처만 남긴다
남을 함부로 지적하고 비난하고 조롱하는 것도 욕심이다
자기가 잘났다고 생각하며 뽐내는 것도 욕심이다
끝없는 몸짓 속에 욕심 덩어리가 커지면 커질수록

종양 덩어리 암 덩어리가 되어 스스로 쓰러질 수밖에 없다

떠나는 것은 훌훌 떠나보내고 홀가분한 마음으로 살자
손에 욕심껏 쥐었던 것 붙잡았던 것 다 놓고
죽음으로 끝날 때는 빈손으로 떠난다
욕심의 입은 한없이 커가기에 욕심의 결과는
불행밖에 남는 것이 없다

사람과 여행

사람의 인생은 단 한 번 살아가는
삶이란 이름의 여행이다

사람이 어머니의 자궁에서 태어나서
아기가 노인이 되기까지
삶에서 죽음이 오기까지 시간 속의 여행을 떠난다

여러 가지 이유와 사정으로 이곳저곳 머물다 떠나며
경제 사정이 좋아지면 평생 머물 집을 장만하여
한곳에 안착해서 산다

사람들은 어른으로 성장하면 여행을 시작하고
새로운 사람, 새로운 문화, 새로운 음식, 새로운 나라,
새로운 풍경을 만나 색다른 경험을 하기를 좋아한다

사기가 살고 있는 나라의 여행을 시작으로
때로는 오가기 힘든 오지를 여행하고
전 세계를 돌아다니면서 여행을 즐기며 살아간다

사람들은 여행하며 자연을 새롭게 만나고
더욱더 성숙해지는 가운데 조국에 대한 소중함을 깨닫고
가족과 집에 대한 그리움 속에 사랑을 느낀다

사람들은 여행 속에서 사랑하는 사람과 가까워지고
아름다운 풍경에 마음이 사로잡혀
산다는 것의 의미와 가치를 느낀다
사람은 여행을 떠나고 싶어 하고
떠나지 못하면 여행 갈증이 심하다

행복한 사람들은 마음에 여유를 갖고 사는
인생이란 여행을 즐긴다

미지 여행은 가본 적 없는 길을 가는 것
인생이란 여행은 다시 돌아갈 수 없는 시간을 떠나간다

사람과 상처

사람들은 서로 크고 작은 상처를 주고받으며 살아간다
상처로 몸과 마음에 타박상을 입어 고통스럽고
괴로울 때는 상처의 뼈가 날카롭게 찔러 쓰리고 아프다

사람은 상처가 많을수록 불행하고
상처가 적을수록 마음이 편하다
사람이 받은 상처는 한없이 클 수도 있고
상처가 치료되고 아물어도
아픈 기억은 남아 지워지지 않는다
사람에게 잊을 수 없고 지울 수 없는
가장 큰 상처를 주는 것은 사람이다

사랑하는 사람의 이별, 병, 파산, 죽음, 배신, 단절, 무관심,
비난, 조롱, 지적들이 큰 상처를 만든다
사람이 살아가며 상처가 없을 수는 없지만
일부러 상처를 만들지 말고 남의 상처도 감싸줄 수 있는
넓은 사랑의 마음을 가지고 살아야 한다

상처 하나 없이 사는 사람이 이 세상에 어디 있을까

상처가 있기에 아픔을 알고 상처가 있기에 치유를 알고
상처가 있기에 성장하며 살아간다
상처는 자신을 알게 하고 성숙하게 만들고
견디는 인내와 강함을 갖게 한다

똑같은 상처가 반복되기를 원하지 않기에
서로 이해하고 감싸는 사랑이 필요하다
상처는 주는 사람에게도 받는 사람에게도 흔적을 남긴다

아픔의 상처가 많아지는 세상에서
서로 이해하고 용서하며 살아가자

사람과 잠

사람은 잠을 잔다
사람이 살아가는 삶의 시간 중에
3분의 1이 잠자는 시간이다

잠은 사람의 몸과 마음이 쉬는 시간이며
사람은 잠을 통하여 피로를 풀고
아침에 잠에서 깨어나 하루의 삶을 다시 시작한다

베개에 머리를 대면 잠이 드는 사람이
복 받은 사람이다
현대를 살아가는 많은 사람이 불면증으로
괴로워하고 시달리며 살아가고 있다

한밤중에 잠들지 못하는 불면은 괴롭고 힘든 시간이다
시계를 보아도 멈춰 서 있는 듯
불면 속에 있으면 시간이 잘 지나가지 않고
몸을 힘들게 하고 정신을 괴롭힌다

마음을 안정시키고 잠을 청하여

쉼의 시간을 가져야 내일도 열심히 살아갈 수 있다

잠은 피곤하면 몰려오지만
잠자리가 편안해야 잠을 잘 잘 수 있다

침대가 불면의 침대가 아니라 꿈꾸는 침대가 되어야 한다
행복한 잠을 잘 수 있다면
하늘의 축복을 받은 인생이다

사람은 하루 한 번씩 모든 걸 내려놓고
단잠을 자기 위하여 잠 속으로 여행을 떠난다

사람과 재산

사람은 재산이 적을수록
힘들고 어렵고 불편하고 비참하고
남의 눈치를 보고 신세를 진다

사람은 재산을 많이 쌓아 올릴수록
말도 많아지고 탓도 많아지고
싸움도 많아진다

사람이 재산이 많아질수록 그만큼
다른 사람이 가져야 할 몫을 갖게 되고
불안이 찾아오고
걱정이 담을 높이고
가족 사이에도 믿음과 신뢰가 사라지고
경계의 눈빛이 가득하다

사람의 재산은 필요한 만큼
쓸 수 있을 만큼 가지고 있을 때
마음이 편하고 가장 행복하다

사람과 위로

사람은 위로받는다

때로는 음악 소리에
때로는 노랫소리에
때로는 비 내리는 소리에
때로는 커피 한잔에
때로는 말 한마디에
때로는 따뜻한 포옹에

사람은 위로받는다

사람과 고비

사람이 삶에서 고비를 만났을 때
잘 견디고 이겨내야 한다

사람이 시련과 고난의 고비, 유혹의 고비
연단과 인내의 고비, 물질과 자리의 고비 등 수많은
고비를 만나지만 지혜롭게 이겨내야 한다

고비를 만나면 한동안 힘들고
한동안 마음이 흔들리고 혼란스러울 때도 있지만
최선의 선택은 가야 할 길을 가는 것이다

한순간 보기에 좋다고
한순간 느낌이 좋다고
인생 전부를 걸어서는 안 된다

달콤하다고, 편안하다고
보기에 좋다고, 내 몫이 많다고
꼭 좋은 선택은 아니다

삶이란 전반부보다 후반부가 좋아야
진정한 삶의 열매를 맺는 것이다

사람이 삶의 고비 때마다 옳고 그름의 선택이
분명해야 결과도 좋고
인생을 인생답게 잘 사는 것이다

사람과 세상 살기

세상 살기가 서툴고 어리숙했다
가난해 가진 것 없고 실력도 없고
뾰족한 재주도 하나 없이
맨손 맨몸뚱이로 무작정 덤벼들었던 시절
세상은 받아주지 않고 매몰차게 밀어내었다

어떻게 살아야 하나
어떻게 헤쳐 나가나 한숨과 좌절 속에
하늘이 무너진 듯 땅이 꺼진 듯
혼자 서글퍼서 눈물도 참 많이 흘렸다

손 내밀 곳도 기댈 곳도 없고
함께해 줄 사람도 없어
넓은 세상에 외로움만 가슴을 조여오고
벽과 담만 같았던 세상
헤쳐 나가기 힘들어도 너무 힘들었다

무능했던 탓에 하는 것마다 실패하며
쓰러지고 넘어지고 나자빠져

왜 이렇게 살아야 하나 후회하며
모진 고생을 일상으로 살았다

지나고 보니 이 고통의 세월도
지나가는 세월이었다
살다 보니 세상 이치도 깨달아 알고
사는 법도 터득하며 살았다

이기고 견디니 좋은 날도 찾아오고
기쁜 날도 찾아오는 법이다

사람과 삶

무엇을 해야 할지
어디로 가야 할지 알 수 없어
삶이 막막했던 시절

사랑이 찾아와
나에게 등불이 되었다

사랑을 위하여
내 일을 찾고 할 일을 만들고
희망과 용기를 얻었다

막막했던 시절
사랑이 갈 길을 열어주고
삶의 의미와 목적을
나에게 분명하게 알려주었다

사랑이 힘이 되었고
용기가 되었고 목적이 되었다

막막했던 시절 찾아온 사랑이
나의 모든 것을
새롭게 변화시켜 주었다

사람의 삶이 떠나는데 떠나가는데

사람의 삶이 떠나는데 떠나가는데
목숨 걸고 싸우는 이유는 무엇인가
살자고 사는 삶을
죽이자고 하며 사는 이유는 무엇일까

비난하고 조작하고 악플 달고
모함하며 사는 삶이 옳은 것인가

서로 이해하고 하나 되어
한마음으로 살아가면 좋을 텐데
꼭 짓밟고 올라서야 하고
서로 적으로 만들어 사는 이유는 무엇일까

누구를 위하여 무엇을 위하여
흠집을 찾고 트집을 잡으며
악행을 일삼고 손가락질하며 사는 것일까

안타깝고 안타깝다
세상을 알 만한 사람들이

세상을 떠날 시간이 다가오는 사람들이
끝없는 싸움과 논쟁으로 사는 이유는 무엇일까

누구를 위한 삶인가
누구를 위한 인생인가

사람의 인생살이

사람의 인생살이
아무런 연습도 없이 시작해야 했던 인생은
낯설고 서툴러서 쓰러지고
비틀거리고 넘어질 때가 많았다

아무런 준비도 없이 맞부딪쳐야 했던 인생은
힘들고 고통스러워
견디기 힘들 때가 많고 많았다

인생을 배우고 체험하면서
의미를 깨달아 알게 되었다

살면 살수록 의문과 의구심과
허탈과 고민 속에서
산다는 이유에 늘 물음표를 달았다

하나의 고개를 넘으면 하나의 언덕이 나오고
하나의 비탈과 수렁이 나와 수시로 괴롭히는
젊은 날의 삶은 시련과 역경의 연속이었다

사랑을 만나고 가족을 이루며 산다는 기쁨과
인생을 사는 보람을 알게 되었다

인생은 혼자 사는 것이 아니라
함께 살아야 큰 의미와 감동과 보람을
느끼고 얻는다는 것을 알았다

사람과 전쟁

전쟁을 일으키는 자
참혹하고 비참한 죽음을 부르는
전쟁을 일으키는 자는
어떤 명분을 대고 변명해도
어둠에 갇힌 악에 물든 사악한 자다

자신의 욕심과 욕망을 채우기 위해
수많은 목숨과 재산을 파괴하고 잃게 하는 자는
만인의 지탄을 받아야 마땅하다

전쟁으로 인하여 얼마나 많은 사람이
가족을 잃고 집을 잃고 일터를 잃고
통분해하며 공포에 떨고 불안과 초조 속에
고통을 당하는가

전쟁을 부르는 자의 명령에 따라
아무런 저항도 없이 움직여야 하는
병사들의 목숨마저 초개와 같이 사라지는
전쟁의 비극을 몰고 오는 자는

이 땅에 태어나지도 말고 사라져야 한다

평화를 원하는 사람들을 위하여
전쟁이라는 말조차 사라져야 곳곳에서
평화가 자라고 깃들고 꽃필 것이다

남을 괴롭히지 않는 사람

날로 발전하는 사회 속에서
남을 괴롭히지 않는 사람이 많아야 한다

빈부 격차가 심해지면서
자기가 가진 부를 지나치게 자랑하여
다른 사람들에게 상실감과 박탈감을 느끼게 한다

권력을 쥐고 흔들면서 편 가르기가 늘어나고
화합보다 독선이 강해져서
내 편만 무조건 옹호하고
상대는 무조건 비난한다

인간은 순수함과 정직함을
잃어버리면 불행이 시작된다
인간은 욕심과 욕망의 노예가 되면
진실을 잃어버린다

오직 나만을 위하여 나만 잘살기 위하여
모든 것을 쏟아부으면 행복하기보다 불행하다

아무리 잘살아도 높고 단단한 콘크리트 속에
외롭게 혼자 남으면 무엇이 행복한가

잘살수록 더 행복해지려면
남을 괴롭히지 않는 사람이 많아져야 한다

사람과 억지

세상 살기가 묘해지면서
억지 부리는 사람들이 자꾸만 늘어난다

있지도 않은 일을
만들어 모함하고 뒤집어씌우고
하지도 않은 일을
조작하여서 한 것처럼 만들어
사람들을 괴롭히고 힘들게 한다

억지가 해낼 수 있는 것이
과연 무엇일까
억지가 나중에 남아 있을 것이
과연 무엇인가

양심을 무너뜨리고 허위를 양산하고
마음에 상처를 주고
사람들을 고통스럽고 슬프게 만든다

나만 아니면 된다는 생각

숨어서 하니 모를 것이라는 생각
드러나지 않으면 괜찮다는 생각들이
헛되고 헛된 모략질을 만들지만
하늘은 늘 살아 있어 두 눈 똑똑히 뜬 채 보고 있다

억지로 조작하는 것들은
오래가지 못하고
무너지고 부서지고 흐트러지고 사라진다

억지보다는 순리가
마음을 편하게 만들고 좋은 만남을 만들고
살기 좋은 세상을 만든다

사람과 서러움

사람이 산다는 것이 서러워
눈물을 쏟았더니
터져 나오는 것이 한숨이다

이러는 게 아닌데
이렇게 사는 게 아닌데 알면서도
헤어날 수 없으니 한탄이 줄지어 나온다

모든 게 내 탓이라 알고 있기에
나름대로 열심히 살고 있는데
눈에 보이고 되는 것이 없으니
누구도 원망할 수가 없다

사람들의 얼굴을 보면
고개부터 숙어지고
사람들의 시선에 초라해지고 마는
삶이 죄를 짓고 사는 것만 같았다

포기할 수 없기에

단념할 수 없기에
다짐에 다짐을 하며 수없이
일어서기를 반복하였다

내 얼굴에 기쁨의 웃음이 있고
내 집에서 행복한 웃음이 터져 나올 때
이 맛에 사는 걸 알기에
세상의 온갖 서러움을 이겨내며 살았다

사람과 유혹

왠지 허무하고
왠지 따분하고 쓸쓸할 때
슬금슬금 유혹이 찾아와
마음을 흔들기 시작한다

그냥 모른 척
잠시 외출이라 생각하고 뛰어들면 안 될까
세상 딱 한 번 사는데
못할 것이 무엇인가
잠깐 눈 질끈 감고 빠져버리면 안 될까

사람이 유혹의 손길에
온몸에 유혹의 불길이 타오르면
머리가 복잡하고 마음이 심란하다

그러다가도
어떻게 살아온 삶인데
어떻게 지켜온 삶인데
한순간에 와르르 무너지는

헛수고 헛세월을 만들 수 있을까

차분히 마음을 가다듬는다
욕망 불길은 한순간일 뿐
내가 가진 모든 것이 소중하다

하늘을 보며 씩 웃으며
나에게 주어진 삶에 감사하며
행복을 느끼며 살고 싶다

쓸쓸한 사람들

사람들 이제 살 만한데
이제 한숨 돌리는데
덜컥 불행이 찾아온다

생각지도 않았던
고통이 찾아와 옥죄고 괴롭힌다

내가 왜 이럴까 한탄해 보아도
아무리 울부짖어도 소용이 없다

삶은 선을 넘을수록
위험 부담이 커진다

어려움이 가로막을 때
무슨 수를 써서라도 빠져나오고 싶다

사람들 연락 주고받을 때가
좋은 시절이지
한쪽이 끊어지면 궁금하고 불안하다

때로는 야속하기만 한 삶
서럽게 울다가 떠나간다

세상이 슬퍼서가 아니라
제 서러움에 눈물을 쏟으며
한탄하다 쓸쓸하게 떠나간다

사람이 이 땅에 살다가 떠나는 날

사람이 이 땅에 살다가 떠나는 날
뒤돌아보아도
아쉬움 남아 섭섭하지 않게
아무런 미련을 남기지 말고 잘 살다 가자

어둠의 그림자 순간순간마다
손을 뻗치며 찾아와도
있어야 할 자리에서 거절하며 살자

욕망의 불길 거세게 타올라도
유혹에 흔들리거나 비틀거리지 말고
차분한 마음으로 가라앉히며 살자

욕심의 손이 아무리
움켜쥐고 흔들며 다가와도
훌훌 털어버리고 가벼운 마음으로 살자

결국에는 누구나 빈손 빈 주머니
빈 몸으로 떠나는데

사람이 이 세상 떠나는 날 잘 살았다
웃으며 떠날 수 있게
마음 편하게 홀가분하게 살자

사람이 살다 떠나가는 길 위에서

사람이 살다 떠나가는 길 위에서
가만히 있어도 시간은 흐르고
가만히 있어도 세월은 흐른다

날마다 가야 하는 인생의
떠나가는 길 위에서
가끔 안타까움의 눈물을 흘린다

어쩌다 인생을 살아 아파야 하는 것인가
어쩌다 인생을 살아 슬퍼야 하는 것인가

세상은 왜 이럴까
서로 이해하고 서로 사랑하면
살 만한 세상에서 행복하게 살아갈 텐데

머물 수 없어 떠나가는 길 위에서
다투고 싸우고 음모를 꾸미고 뒤통수를 치고
꾸미고 조작하고 서로 헐뜯고 상처를 준다

참 야속하게 결국에는 한 사람도 남김없이
죽어서 떠나는데
살아 있는 동안 왜 그렇게 서로 잘났다
큰소리치며 서로 못살게 구는 것일까

멀리서 보면 별것 아닌데
우물 안 개구리처럼 싸우는 사람들이
참 안타까울 뿐이다

남 잘되면 박수를 보내고
나 잘되면 박수를 받는 인생이 되면
서로 좋지 않을까

오늘도 인생의 시간은 줄어들고 있는데
떠나가는 길 위에서 아쉬움과 안타까움이 남는다

사람과 걱정

막연한 불안감에 절망의 파도가 몰아쳐
이맛살이 찌그러지고
가슴이 찢어진 듯 아파
시름에 흐르는 눈물이 뼈저리다

얼굴에 굵게 접힌 주름살 사이로
힘겹게 흘러가 버린 고통이
세월의 흔적으로 남아 있다

수없는 생각이 맴돌며 떠나지 않고
시커먼 동굴 속에 빠진 듯
궁지에 몰려 곤두박질칠 것 같다

어이없는 어리석음 탓에
단순한 단점이 큰일을 만들어
괴리가 깊어지고 끝장날 것 같다

막막했던 순간마다 달라붙어
으스러지도록 뼈아픈 고통과

엄청난 시련에 휘말려 괴롭다

눈물과 고통이 혼합되어
싸늘해지는 체온을 느끼며
불안한 시간을 보낼 때
애처로운 앙금만 무겁게 가라앉아
근심으로 머리가 쑤셨다

사람의 삶은 늘 벼랑 끝이다

날마다 끊임없이 일어나는 사건들
살인, 자살, 도난, 교통사고, 화재, 지진…
불쾌하고 불미스러운 사건이 계속 터진다

죽음이 시시각각으로 보도되고
처참한 전쟁의 소리가 들리고
병마와 바이러스 소식에 절망이 바닥에 닿아
사람들의 마음이 앙상하게 메말라 있다

지진과 해일과 기근과 가난
절망의 고통과 아픔 속에서도
맥없이 굴복하지 않고 멀리 뻗어가는
희망을 품고 내일을 살아간다는 것이
얼마나 대단한 일인가

내가 무엇을 할 것인가
불안해 겁먹은 얼굴로 살아가지 말고
찬란한 기쁨과 희망을 품고 살아가라

벼랑 끝에서도 피는 꽃을 보라
얼마나 가슴이 따뜻해지고
놀랍고 감동적인 일인가

희망을 품고 극성스럽게 살아가는 한
절망은 순식간에 사라지고
내일은 아름답게 꽃이 필 것이다

사람과 청춘

흘러가는 세월처럼
청춘도 찾아왔다 지나간다

누구나 만나는 가슴 뜨거운 청춘이지만
우리에게 찾아온 청춘은
너무나 고귀하고 소중한 시간이다

이 아름다운 시절
이 꿈이 가득한 시절
우리는 어떻게 보낼 것인가

청춘의 가슴에 가득한
뜨거운 사랑과 열정으로
내일을 향하여 꿈과 희망을 펼쳐나가자

하늘도 넓고 세상도 넓지만
우리 청춘의 시절을 펼쳐나가면
그 어떤 것도 두렵지 않다

어서 가자 어서 가자 청춘들아
우리의 청춘이 떠나기 전에
꿈과 희망을 이루기 위하여
끝없이 도전하며 앞으로 나가자

사람과 술꾼

사람이 술꾼이 되면 술병을 딴다
이런저런 갖가지 이유와
온갖 핑계로
밤이면 마음을 따듯
술병을 딴다

사람들은 기분이 좋아서 속이 상해서
고독해서 쓸쓸해서
일이 잘돼서 일이 안돼서
수많은 사람이
밤이면 술병을 딴다

사람이 혼탁한 세상에서
술 한 잔에 위로받고 싶어서
술병을 따는 소리가 들린다

사람과 밥벌이

평생 사람이 밥벌이할 수 있는 것도
복 받은 일이다

사람이 밥벌이가 안 되면
사람 구실도 못 하고
허구한 날 아무 면목 없이
얼마나 슬프고 고통스럽겠는가

사람이 밥벌이할 일이 없으면
근심과 걱정이 떠나지 않고
고통과 절망이 가득하여
모든 것이 꼴사납게 싫어진다

사람이 밥벌이해야 사람대접을 받고
사람답게 살아갈 수 있다

이 세상에 태어나 사람답게 살아가려면
밥벌이를 잘해야만 한다

사람의 인생의 가치

풀 한 포기도 꽃을 피우고 씨를 맺는데
사람의 인생의 가치가 얼마나
대단하고 위대한 것인가

삶을 절대로 함부로 포기하거나
좌절하거나 등한시하며 살지 말고
고귀하고 값있는 인생으로 만들어야 한다

풀 한 포기도 어디든지 틈새만 있으면
살아나 힘차게 퍼져나가는데
인간이 작은 일에 힘들어하고
짜증 내고 화를 내면 가치 없는 삶이다

사람은 사람답게 살아가며
진가를 발휘해야 한다
자신의 가치 인생의 가치는
스스로 만들어가는 것이다

4부

사람이 막막할 때

사람이 막막할 때
앞이 전혀 보이지 않아
어찌할 수 없도록 막막할 때
신세 한탄을 하며 울고 또 울었다

이렇게 살아야 하나
어떻게 살아야 할까

보이는 것은 벽이고 막혀버려
모든 걸 포기하고 싶은 절망이
가슴을 찌르며 순간마다 엄습해 들어왔다

찾아갈 곳도 의지할 것도
하소연할 곳도 사연을 들어줄 사람도 없어
좌절하고 쓰러져서 울고 또 울었다

살려고 발버둥 치고 살아내려고 몸부림치며
이 고통과 절망의 순간을
이겨내려고 이를 악물고 눈을 부릅떴다

오직 가족을 위하여 희망을 잃지 않고
앞만 보고 나가려고 포기하지 않고
견디며 이겨내려고 몸을 던졌다

높은 산처럼 옹벽처럼 막막하게 포위하고
얽매던 것들이 하나씩 풀리기 시작했다

막막한 어둠의 동굴을 지나
나에게 희망이 이루어지는 날들이 찾아왔다
나의 삶에도 기쁨의 순간이 찾아왔다

삶의 비탈길

사람이 삶의 비탈길 오르내릴 때
절망하고 포기하고 싶었던 날이 날마다 계속되어
아침에 눈뜨기가 싫었다

꼭 이렇게 살아야 하나
어떻게 버티고 어떻게 벗어날 수 있을까

사람이 삶의 비탈길에서
때로는 너무 힘들어
차라리 모든 것을 접고 싶었다

이 고통이 언제 끝나나
이 절망이 언제 끝나나
힘들고 지쳐서 가슴에 멍이 가득했다

사람이 삶의 비탈길에서
수많은 날들을 눈물로 보내며
이겨내고 견딜 수 있었던 것에는
희망과 사랑의 힘이 있었다

사람이 왜 살아야 하는가

사람이 왜 살아야 하는가
우리에게 주어진 목숨이 있기에 사는 것이다

삶의 끝에 죽음이 기다리고 있는데
왜 그토록 몸부림치며 살아야 하는가
우리에게 주어진 삶이 있기에 사는 것이다

삶 속에 고독과 허무와 싸우며
절망 속에서 일어서고
무기력을 떨쳐버리고 낙망 속에 포기하거나
좌절하지 않고 살아야 한다
우리의 삶은 단 한 번이기에 사는 것이다

온갖 시련과 역경 속에서도
견디고 이겨내며 꿈과 희망을 이루며
내일을 바라보며 살아야 한다
우리의 삶은 너무나 소중하기 때문이다

비열한 사람들

누군가를 위하여 돕고 위로하고
협력하고 동의하고 함께하기보다
헐뜯기에 혈안이 되어 비난만 일삼는 비열한 사람들

선한 양심도 없고
선한 영향력도 없고 마음이 어둡고 삐뚤어져
입만 살아 무작정 비난의 강도를 높여
공격만 일삼아 표정마저 어둡게 변한 사람들

정작 자신들은 한 일도 없으면서
남이 하는 일에 가시가 돋은 말로 참견하고
남의 생가슴 갈기갈기 찢어놓고 무너뜨리고
피눈물 흘리게 만드는 고약한 사람들

남에게 상처를 주고 희열을 얻고
남에게 고통 주고 잘난 줄 알고
남에게 절망 주고 기뻐하는 사람들

세상이 좋아지려면 편 가르고 비열하게

치욕적인 삶을 떳떳한 줄 아는 사람보다
격려해 주고 위로해 주고 칭찬해 주고
부축해 주고 손뼉을 쳐주는 사람들이 필요하다

사람은 왜 다투고 싸움을 하는가

사람은 왜 다투고 싸움을 하는가

진실이 떠나고 거짓이 파고들면
싸움이 시작된다

선한 양심을 버리고 욕심이 끼어들면
다툼이 시작된다

공존하지 않고 패거리가 되어 뭉치면
치고받고 다투고 싸운다

사람이 서로 다투면 다툴수록 싸우면 싸울수록
남는 것은 상처와 고통과 죽음뿐이다

싸우는 자들은 자기 쪽만 옳고 정당하다고
생각하고 우기는 자들이고
자기 쪽만 정의라고 생각하는 자들이다

멀리 떨어져 생각하면 세월 지나고 생각하면

모두 다 편견이고 고집이고 잘못된 것들이다

사람이 평화롭게 사람답게 살아가려면
다툼과 싸움을 멈추고 공존해야 한다
자리다툼과 욕심을 버리고 서로 함께해야 한다

사람은 다투면 다툴수록
싸우면 싸울수록 파멸이 다가올 뿐이다

사람과 죽음

사람과 죽음은 늘 동행한다

삶을 살더라도 곪고 터져서 치사하게 살다가
구질구질하고 거짓되고 더럽게 살다가
흠집투성이로 영악하고 부끄럽고
너저분하게 뒷걸음치며 추하게 죽지 말자

살다가 죽음으로 떠나가야 하는 삶이라면
늘 안타깝게 발 동동 구르며 살지 말고
떳떳하게 당당하게 사람답게 살다가
아무런 미련 없이 아무런 후회 없이
참되고 선하게 바르게 살다 아름답게 떠나자

사람과 감사

사람이 살면서 감사할 수 있다는 것은
참으로 행복한 일이다

작은 행복도 감사할 수 있을 때
큰 행복이 찾아오는 것이다

시련과 고통을 감수하며 감사할 때
꿈과 희망이
자리를 잡고 이루어지는 것이다

감사할 수 있다는 것은
참으로 신나는 일이다

삶의 모든 것을 감사할 수 있을 때
모든 것들이
행복이란 이름으로
축복이란 이름으로
옷을 갈아입는다

사람과 경험

사람이 경험하고 산다는 것은
매우 중요한 의미가 있다

종이를 던질 때 하나도 구겨지지 않았으면
멀리 던져지지 않지만
종이가 접히고 구겨질 대로 구겨지면
던졌을 때 생각보다 멀리 날아간다

노력하지 않고 아무것도 하지 않고
쉽게 얻어진 것은 가치가 없다
갑자기 큰 금액의 복권을 탄 사람들이
허랑방탕하게 살다가 망하는 것을 볼 수 있다

세상의 고난과 시련과 온갖 풍파들을
경험하고 체험하는 것이
그냥 스쳐 지나가는 것이 아니다

농부, 어부, 광부와 요리사 손을 보라
거칠고 힘든 분야일수록

힘들게 고생했다는 것을 손이 보여준다

어떤 것이든 쉬운 것은 없고
손쉽게 얻어지고 이루어지는 것은 없다

건물도 건축 자재를 제대로 안 쓰고
공사 시일을 지나치게 앞당기면
무너져 내리는 것이다

어떤 일이든지 노력하고 힘들여 애쓴 만큼
경험을 통하여 달라지는 모습을 볼 수 있다

훌륭한 경험을 살려낸다면
먼 훗날 자기 분야에서 명장과
명인이 되어 있을 것이다

사람과 황혼

늙었다고 한탄하며 잘나가던
젊은 날 생각만 하고
옛 추억에 묶여 옛 시절만 그리워하는
황혼의 몰골은 초라하다

하루를 끝내고도 마지막 순간까지
초라하지 않게 아름답게 불태우다
찬란하게 사라지는 노을의 비결을 깨달아야 한다

사람이 황혼에 이르면 나이답게 욕심을 버리고
사소한 것에 목숨 걸지 않고
놓을 것은 놓을 줄 아는 마음을 가져야 한다

일상에서도 여유로움과 편안함 속에
인생의 매듭을 잘 짓고 마무리할 줄 아는
삶의 비결을 만들어가야 한다

황혼의 나이는 사색할 수 있고
관조할 수 있는 마음의 넉넉함이 있다

쓸데없는 애착에 마음을 빼앗기지 않고
견딜 수 있는 인생의 강한 힘이 있다

저녁노을이 아름답듯이
가을 단풍이 아름답듯이
사람은 황혼의 나이에도 멋지게
인생을 그렇게 살아가는 것이다

사람의 마음 다스리기

사람의 눈이 뒤집히고
사람의 생각이 뒤집히고
사람의 마음이 뒤집히면
사람이 사람이 아니라
짐승만도 못하게 된다

사람이 사람답게 살아가려면
생각과 마음을 다스릴 줄 알아야 한다

사람이 마음을 다스리면
성인이 되고 군자가 되어
사랑받고 존경받는다

사람과 고통 1

삶이 고통스러울 때는
하루가 떠날 때 노을이 지면
자꾸만 눈물이 쏟아졌다

이리 무너지면 안 되는데
어떻게 하나
이리 쓰러지면 안 되는데
어떻게 사나

사람이 고통스러울 때는
멈추지 않는 아픔이
가시처럼 찔러와 견딜 수 없다

이리 멈추면 안 되는데
어떻게 하나
이리 끝나면 안 되는데
어떻게 사나

사람과 고통 2

사람에게 고통은 검게 느껴지고
허공을 깨듯 고통을 주는 것도
아주 작은 것들이 많다

손톱에 박힌 아주 작은 가시 하나
신발 속에 들어온 아주 작은 돌멩이 하나
눈에 들어간 티끌 하나가
아주 고통스러울 때가 있다

사람들은 큰 고통은 도리어
잘 이겨내면서도
작은 고통에 더 힘들어할 때가 많다

망설이듯 흘렀던 시간 속에서도
우리들의 삶은 멈추지 않고
강물 흐르듯 흘러간다

작은 고통에 일그러진 얼굴로 아파하며
지지리 못나게 궁상떨며 살지 말고

우리 안에 우리 주변에 있는
행복과 희망을 찾아 행복하게 살자

지금이 얼마나 소중한 시간인가
다시는 돌아올 수 없는 시간
사랑하는 사람들과 기쁨을 만들며
아주 행복하게 살아가자

사람과 새로운 변화

사람은 표정이 살아야 인생이 산다
표정이 밝게 변하고 웃는다면
삶 자체가 바뀔 수 있다

거짓되고 잘못된 것들은
마음속에서 찾아내고 몰아내고
털어내면 속이 시원하다

망각 속에 매몰되어 가는 시간
밝고 좋은 것들을 받아들이는
긍정적인 마음으로 살자

시인은 언어를 디자인하고
사람은 인생을 디자인하며
당신의 삶을 멋지게 살자

늘 넘어뜨리고 쓰러뜨리는
절망의 뿌리를 잘라내고
꿈의 칸칸마다 기쁨으로 채우며

희망의 싹을 돋워내자

구겨지고 상처 많았던
절망의 언덕을 넘어
두 볼에 고이는 행복에 웃음이 터지도록
희망과 행복이 피어나는
아주 기분이 좋은 들판을 만들자

사람을 만나는 것은 1

살아가며 사람을 만나는 것은
매우 중요하고 대단한 일이다

누구를 어디서 만나고
서로에게 무엇이 될 수 있다는 것은
운명을 바꾸어놓을 정도로
삶이 완전히 달라지는 일이다

부모 가족도 친구도 사랑하는 사람도
함께 일하는 동료도
어떻게 만나느냐에 따라 삶의 모습이 달라진다

만나는 사람에 따라 더 외롭고 쓸쓸할 수도 있고
행복하고 마냥 즐거울 수도 있다

때 묻지 않은 순수한 마음으로
욕심 없이 허영 없이 있는 그대로
순수하게 사람을 만나야
삶의 풍경을 아름답게 만들 수 있다

사람을 만나는 것은 2

사람을 만나는 것은 아주 소중한 일이다

거칠게 대하지 말고
서로의 마음을 알아 아픔을
따뜻하게 감싸주며 덮어주어야 한다

똑같은 사람이라도
누가 어떻게 대하느냐 따라
인간의 모습과 관계가 달라지는 것이다

믿어주고 약속을 지켜주고
언제나 함께해 줄 수 있는
굳건한 마음이 있을 때
사람과 사람 사이는 새롭게 될 수 있다

곁에 있는 사람을 깨끗한 마음으로
순수하게 바라볼 수 있어야 한다
언제까지나 지켜줄 수 있는
우정이 있어야 삶은 더 진실해진다

사람을 만나는 것은 3

사람을 만나는 것은
삶을 사람답게 살기 위한 것이다

누구를 이용하거나
자기 성공의 도구로 삼거나
잘못을 뒤집어씌우거나
놀잇감으로 삼거나 비겁하게
등을 돌리고 비수를 꽂아서는 안 된다

타인을 무조건 미워하거나
자신의 출세를 위해 이용하거나
비난의 대상으로 삼아서
괴롭히는 것은 사람이 할 일이 아니다

사람은 자기와 함께하는 사람들과
희망을 나누며
용기를 갖고 이루어가며
웃음과 낭만을 나눌 수 있는
여유로운 마음을 가져야 한다

기쁨과 즐거움 속에 사람을 만나고
헤어짐을 아쉬워할 수 있도록
인정과 멋이 있는 사람이 되어야 한다

사람과 인연

인연은 우연이 아니라
필연으로 이루어지지만
인연도 때로는 만들어가는 것이다

아무리 마음에 들고 좋은 사람을 만나더라도
마음을 열고 다가가지 않으면
인연이 되어 서로 만나고 대화를 할 수 없다

모든 일은 스스로 멋있게 만들 수도 있고
무관심 속에 쓸쓸하게 만들 수도 있다

인생이란 한 번 왔다가
싸늘하게 식어버려
어느 날 홀연히 떠나는 삶이다

사는 동안 좋은 인연들을 만들어
행복하게 살아야 한다
우리가 만나는 사람들과
좋은 인연을 만들며 살아야 한다

사람과 옷 1

옷은 입기에 편한 옷이 좋다

날마다 장례식에 가는 것도 아닌데
검은색 옷만 입고 살지 말아야 한다
검고 어두운 색만 즐겨 입으면
마음이 우울해질 수 있다

화려한 티셔츠도 입어보고
파스텔 톤 색감이 있는 옷을 선택하는 것도
좋은 방법이다
가끔은 튀는 옷을 입어도 기분이 한결 좋아질 것이다

멋진 색깔의 옷을 입으면
기분이 저절로 상쾌해지는 것을
스스로 느낄 수 있다

우리는 삶에 갖가지
다양한 아름다운 색깔을 초대하여
함께 조화되어 어울려 살아야 한다

사람과 옷 2

옷은 나뭇잎으로 만든 옷으로부터 시작해서
가죽옷과 다양한 옷감으로 급속도로 발전해 왔다

사람과 옷은 한 몸처럼 가깝다
사람들은 자기 스타일에 맞는 옷을 입고 싶어 한다

옷은 나라와 민족마다 전통적으로 내려오는
고유한 의상이 있다

사람이 옷을 잘 입으면 멋이 살아나고 근사하다
사람에 따라 어떤 옷을 입어도 잘 어울리는 사람이 있고
그 사람에게 맞는 옷을 입어야 어울리는 사람도 있다

옷은 봄, 여름, 가을, 겨울 계절마다 입는 옷이 다르고
지역에 따라 옷을 입는 모습과 옷의 색깔이 다르다

사람이 입는 옷은 편하고 활동하기 좋은 옷이 좋다
사람들이 청바지를 즐겨 입는 것도
입고 활동하기가 편하기 때문이다

사람들의 옷은
집에서 입는 옷, 외출할 때 입는 옷, 일할 때 입는 옷
잠잘 때, 여행할 때, 등산할 때, 낚시를 할 때
행사를 할 때 입는 옷 등으로 구분되어 있다

사람들은 항상 옷과 함께 살아간다

사람과 욕심

사람이 욕심을 내고 부린다고
만사가 해결되는 것은 아니다

욕심을 함부로 부린다고
안 될 일이 잘되고
이루어지는 것은 아니다

욕심을 내면 낼수록
다른 사람이 그만큼 불행해지고
힘만 준 것들은 부러지고 쓰러진다

주변을 잘 살펴보면 잘 관찰해 보면
욕심으로 되는 일은 없고
욕심부려서 결말이 좋을 때가 없으니
순리대로 힘 빼고 부드럽게 살아야 한다

욕심은 잘되는 것 같아도
비참하게 막을 내린다

사람과 한숨

사람의 마음이 힘들게 꼭꼭 굳게 닫혀 있으면
속이 썩고 터져서 한숨이 나온다

얼마나 포기하고 싶고 주저앉고 싶고
괴롭고 답답하면 한숨이 몰아쳐 터져 나올까

아무리 어렵고 고통스러워도
넋두리하며 살지 말자
푸념하며 살지 말자
하소연하며 살지 말자
객쩍은 소리 하며 살지 말자
비웃고 조롱하며 살지 말자

살아온 모든 것이 눈앞에서 꺼져버린 듯
한순간에 무너지고 쏟아져 내리면
한숨만 나오고 얼굴 모습마저 넋이 나간 듯
바라볼 수 없을 정도로 휑하다

사람과 배신

배신하는 사람들은
마음이 달라지고 눈빛이 달라지고
말이 달라지고 행동이 달라졌다

치가 떨리고 오장이 뒤집히게 배신당해도
삶을 절망의 색깔로 칠하지 말자

사람과 사람 사이에 배신하여
우정이 사라지고
믿음이 사라지고
신뢰가 사라지고
모든 것이 사라져도
삶을 비극의 무대로 만들지 말자

사람이 배신을 감당하기가 너무 힘들게
연결되었던 모든 끈이 한순간에 끊어지고
단절되어도 삶을 절대로 포기하지 말자

배신의 순간 끝내 참지 못해 안타까움이 남고

모든 것이 산산조각이 나 절망이 가득한
삶의 틈바구니에서 마음고생을 많이 하더라도
끝까지 살아남자

사람과 후회

사람으로 살면서
한동안 구석진 곳에서 눈치 보며
무수한 실수를 저질러
힘들고 꺾인 피로에 매달려 있다
내 탓이다

세상을 살아가며 볼썽사납게
썩고 냄새나는 찌꺼기가 되지 말자
부족하고 어리석은 탓이다

사람이 함부로 몸과 마음을 내맡기고 살아가면
몰골은 흉하고 짐은 더 무거워진다
잘못 생각한 탓에 후회를 만든다

배고프면 바람 소리에도 허기가 지는데
뼈가 빠지게 일하더라도
부끄러운 눈물 흘리며 후회만 하지 말자
용빼는 재간이 없으니 모든 게 내 탓이다

사람으로 살아가며 힘들고 서러우면 눈물만 나는데
하루쯤은 마음의 봇짐을 풀어놓고
마음껏 소리치며 신세 한탄 하고 싶다

억지 춘향으로 살아온 세월에 후회만 남지만
삶의 끝에서는 이 세상 수를 다 누렸으니
후회는 없다

사람과 친구

사람에게 친구란
가족 외에 가장 가까운 사이
마음을 서로 주고받는 사이다

친한 친구는 오랜 세월이 흘러가도
변함없는 우정을 서로 나누며 살아간다

이 낯설고 쓸쓸한 세상에서
언제 어디서나 만날 수 있는
친구가 있다는 것은 행복한 일이다

힘들고 어려울 때 힘이 되어주고
지칠 때 위로해 주고 고달플 때 함께해 주고
기쁘고 즐거울 때 같이 기뻐해 주는 친구가 좋다

친구가 배신할 때 가장 가슴이 아프고
친구가 어그러진 길로 나갈 때 가장 슬프다

친구가 어려운 일을 당하거나

세상을 떠날 때는 세상이 무너진 듯
가슴도 무너져 내린다

친구는 서로 마음과 마음을 나누고
서로 믿고 신뢰하며 우정을 나누는 것이다

친구는 언제나 함께하고 같이할 수 있는
마음을 가까이할 수 있는 아주 좋은 사이다

사람과 번뇌

사람답게 한번 살아보려고
힘들어도 어렵사리 견뎠는데
쓸데없는 생각의 꼬리를 감추거나
자르지 못해 생각이 물리고 또 물렸다

마음이 복잡해 잠이 오지 않고
모든 신경이 물구나무를 서고
무지막지하게 가로막는
아득한 절망 앞에 너무나도 괴롭다

아차! 하는 순간 야금야금 고민이 파고들어
쓴맛을 보고 멍때린 듯 정신이 달아나
눈알 빠지게 걱정스럽게 바라보았다

날마다 절망의 바람이 몰아쳐
허기진 생각이 입을 크게 벌려도
도무지 채워지지 않는다

사람이 말만 잘하면 뭐 하나

양양거리며 남의 마음을 곱씹어 놓고
속이 텅 비어버렸다

번뇌하며 고민만 하지 말고
어둠의 끝에 빛이 있듯 절망의 끝에 희망이 있으니
불행을 솎아내고 행복하게 살고 싶다

사람과 갈등

서로 다른 마음의 벽과 벽이
서로 애간장을 태우며 부딪치고 있다

다듬어지지 않고 거칠어진 마음이
게거품을 물고 거칠게
서로 엇갈려 다투고 있다

골수에 사무치게 서로 다른 주장을 앞세우고
이를 갈고 신경을 곤두세우고
달려들어 보아도 상처뿐인데
눈알이 빠지게 다투고 있을까

색안경 끼고 보는 것은
진실을 보지 않는 것 진실에 색을 더한다

사람이 서로 이해하고 받아들이지 않는 한
핏대를 세우고 눈살 찌푸리고
낭패를 본 싸움은 좀처럼 끝나지 않는다